너에게 남은 시간
죽음의 디데이

너에게 남은 시간
죽음의 디데이

이혜린 장편소설
박시현 그림

풀빛

일러두기

- 인물의 성격과 특징을 살릴 수 있도록 입말을 사용하였기에 맞춤법에 맞
  지 않은 말이나 비속어가 포함되어 있습니다.
- 이 책에 등장하는 사건은 픽션이며, 실제 사고와 아무 관련이 없습니다.

차례

너의 디데이

내게는

보인다.
네 머리 위에 뜬
초록색 링이.

보인다.
너에게 다가올
죽음의 디데이가.

자발적 아싸

"죽는 날까지 하늘을 우러러 / 한 점 부끄럼이 없기를 / 잎새에 이는 바람에도 / 나는 괴로워했다 / 별을 노래하는 마음으로……."

5교시 국어 시간, 선생님의 지목을 받은 아이가 자리에서 일어나 윤동주의 <서시>를 천천히 낭독한다. 아이의 목소리가 모두의 귀로 흘러들어가지만, 정작 시를 음미하고 자기 나름대로 재해석하며 사색하는 사람이 과연 교실에 몇이나 될까. 어른들이 정해 놓은 획일적인 작품 해석이 싫을 뿐, 나는 시를 좋아한다.

잎새에 이는 바람과 별을 노래하는 마음이라니. 한 가지로만 해석되지 않는 아름다운 시어의 조합이 사뭇 경이롭게 느껴졌다. 상상의 나래가 펼쳐지고 마음이 약간 촉촉해지려는데, 다음 시구가 감동의 물기를 증발시키며 겨울 낙엽처럼 건조하게 내 가슴에 내려앉았다.

"모든 죽어 가는 것을 사랑해야지."

좀처럼 머리와 가슴에 흡수되지 않는 말이었다. 모든 죽어 가는 것을 사랑한다고? 굳이 왜? 샤르트르가 말했듯 인간은 이유 없이 태어나 우연히 죽는다. 어차피 구름 조각 스러지듯 전부 죽어서 허무하게 사라질 텐데. 불쌍해서? 지구와 우주에 점 하나 남기지 못하고 사라질 존재들이 불쌍하니까 긍휼한 마음으로 사랑하라는 말일까. 죽는 날까지 자기 자신조차 사랑하지 못하고 떠나는 사람이 태반인데, 누가 누굴 사랑하라는 건가. 하여튼 마음에 안 드는 말이다.

"그리고 나한테 주어진 길을 / 걸어가야겠다 // 오늘밤에도 별이 바람에 스치운다."

아이가 떨림 없는 목소리로 시 낭독을 마쳤다.

"잘 읽었어. 자리에 앉고."

아이가 자리에 앉는 사이, 나는 또 마지막 시구를 나의 세계로 끌어왔다. 나한테 주어진 길…… 악몽 속에서도 감히 상상 못한 불행을 감당한('감'을 뺀 '당했다'는 말이 맞겠지만) 보상으로 얻게 된 신비한 능력. 이것을 얻고부터 나는 원한 적 없는 길을 걸어야만 했다. 남들과는 다른 길이었고, 구태여 꿋꿋하게 걸어가고 싶지도 않은 길이었다. 이따금씩 바람에 스치우고 어둠이 덮친다 해도 잔잔하게 빛나는 별 하나쯤 가슴에 품고 사는 다른 사람들이 부러웠다. 나를 둘러싼 주위 모든 공간은 온통 어두운 죽음뿐이니까. 나의 밤에 반짝이는 별 같은 건 존재하지 않았다. 그날 이후로 내겐 태초의 혼돈과도 같은 끝없는 어둠만 남아 있을 뿐이었다.

"자, 오늘 배워 볼 시는 윤동주 시인의 <서시>야. 먼저 갈래를 보면……."

선생님이 손에 든 리모컨을 딸각 클릭하자, 교실 앞 대형 모니터에 갈래와 성격과 주제 따위로 작품을 깔끔하게 정리한 표가 떴다. 아이들의 뒤통수가 로봇처럼 일제히 파워포인트 화면을 향해 올라갔다. 이제 막 고등학생이 된 학생들을 가둔 교실에는 낯선 환경에 대한 불안과 기대로 적당한 긴장감이 감돌았다.

수업은 지루하게 흘러갔고 맨 뒷자리에서 교실을 관망하던 나는 책상 위로 스르르 엎어졌다. 찬바람과 따뜻한 햇살이 공존하는 3월, 교실 유리창은 바람을 막고 노란 햇살만을 쏙쏙 흡수했다. 한쪽 팔을 베고 비스듬히 누웠더니 창문 쪽을 향한 내 왼쪽 뺨이 푸근하게 달아올랐다. 의욕 없는 몸뚱이는 물 먹은 솜처럼 점차 무겁고 나른하게 가라앉았다.

선잠 속에서 악몽이 찾아왔다. 앞뒤 맥락 없이 나는 누군가에게 쫓기고 있었다. 쫓아오는 이를 피해 끝없는 어둠 속으로 정신없이 내달리고 있는데, 난데없이 여자애 목소리가 등장했다.

"저기……."

몽롱한 와중에 낯선 목소리가 바람처럼 왼쪽 귓가로 흘러들었다. 익숙하면서도 낯선 맑고 낭랑한 목소리.

"저기."

이번에는 목소리와 함께 톡톡 어깨를 두드리는 손길이 느껴졌다. 꿈이 아니었다. 나는 엎드린 채로 얼굴을 찡그리며 힘겹게 눈을 떴다.

"류담, 맞지?"

바로 눈앞에 여자 교복이 보였다.

"⋯⋯뭐야."

나는 천천히 몸을 일으켰다. 너와 말 섞기 싫다는 의사를 순간적인 표정과 말투, 몸짓에 한껏 실었다. 이러면 웬만한 여자애들은 재수없다는 얼굴로 무안해하면서 물러나기 마련이니까. 고슴도치처럼 이번에도 나는 뾰족한 가시를 세웠다. 다가오지 말라는 무언의 경고를, 눈앞의 여자애가 잘 알아듣고 꺼져 주길 바랐다.

"안녕, 난 반장이야. 소미소."

나의 간절한 바람과 달리 여자애는 눈 하나 깜짝하지 않고 거침없이 자신을 소개했다. 반장이라⋯⋯. 그러고 보니 며칠 전에 반장 선거 같은 걸 했던 것 같긴 한데. 예전에 몇몇 담임들이 애들과 어울리지 않는 내가 안 돼 보였는지, 좀 챙겨 주라고 반장에게 특별 지시를 내리곤 했던 기억이 순간 떠올랐다. 얘도 담임이 보낸 건가?

나는 무표정한 얼굴로 소미소를 봤다.

"거꾸로 해도 소미소야. 외우기 쉽지?"

"⋯⋯."

뜬금없이 이름 자랑을 하는 여자애한테 어떻게 반응해야 할지 몰라 가만히 있었다. 황당함은 거부감을 일으켰고, 나도 모르게 얼굴이 약간 일그러졌다. 책상에도 의자에도 기대지 못한 어정쩡한 자세로 소미소를 빤히 쳐다봤다. 어쩌라고, 목구멍까지 올라온 말을 간신히 참았다.

무반응으로 일관하자 소미소가 가볍게 어깨를 으쓱하더니, 내 앞에 종이 한 장을 팔랑 흔들어 보였다.

"이거, 국어 샘이 나눠주래. 과제물."

소미소가 종이를 내 책상 위에 올려놓았다. 눈에 띄게 흰 얼굴과 단정한 단발머리, 고동색 눈동자에서 뿜어져 나오는 당차고 야무진 눈빛이 그제야 차례로 눈에 들어왔다.

"미소야!"

그때 누군가 소미소를 불렀다. 소미소를 따라 슬쩍 고개를 돌리니, 저만치 떨어진 자리에서 옹기종기 모여 앉은 여자애들이 이쪽을 보고 있었다. 티 없이 밝은 얼굴들, 그 가운데 유독 굳어 있는 얼굴 하나. 중학교 동창 이소현이었다. 삼 년 동안 같은 반을 무려 두 번이나 했지만 재회가 썩 반가운 사이는 아니었다. 외나무다리에서 다시 만난 원수라면 모를까. 적어도 이소현한테 나는 그런 존재일 거다.

"다음주까지 제출이래. 자느라 못 들었을 것 같아서."

말을 마친 소미소는 제 할일을 다했다는 듯 휙 돌아섰다. 곧장 친구들 쪽으로 걸어가는 소미소의 뒷모습을 아무 생각 없이 잠시 멍하니 보다가, 소미소 어깨 너머로 이소현과 순간 눈이 마주쳤다. 자기 친구랑 말 섞는 것조차 기분 나쁘다는 얼굴로 경멸 어린 눈빛을 보내 왔다. 나를 보는 이소현의 눈빛이 너무 익숙해서, 나는 마치 중학교 때로 돌아간 듯한 착각이 들었다.

"류담 걔, 자발적 아싸잖아."

"지 혼자 우리 반을 왕따 시킨다니까? 웃겨 진짜."

"뭐 되는 줄 아나 보지."

"싸가지 없게 말하면 멋있는 줄 아나. 으, 오글거려!"

중학교 시절, 복도나 화장실을 오가며 우연히 들은 내 평판은 좋지 못했다. 뭐, 그럴 만도 했다. 학교에서 나는 늘 혼자였으니까. 잘 웃지도 않는 데다 누가 말을 걸어도 시큰둥했다. 간혹 '친구'라는 이름으로 선을 훌쩍 넘어오려는 애들한테는 무례할 정도로 차갑게 반응했다. 그런 나를 더러는 사회성 박살난 애라 칭했고, 더러는 중2병이라 단정지었다.

그래도 2학년 때까지는 그저 다른 애들과 말 섞기 싫어하는 이상한 애로 통하는 정도였다. 그러다 3학년이 되면서 안 그래도 바닥이었던 내 이미지는 바닥을 뚫고 지하로 내려갔다. 그날 일 때문이었다.

새 학기가 시작된 지 얼마 안 된 날이었다. 그날도 나는 숨죽은 채소처럼 내내 늘어져 있다가 종례가 끝난 뒤에야 미적미적 가방을 메고 일어났다. 그런데 그때, 한 여자애가 주뼛거리며 내 앞으로 왔다.

"저기, 류담."

"……."

"혹시 내 이름 알아?"

여자애가 수수께끼를 냈다. 알 리가 없었다. 그땐 학기 초였고 난 원래 다른 사람들한테 관심이 없었으니까.

"누군데, 네가."

"나, 이소현! 우리 작년에 같은 반이었는데……."

이소현이 서운한 표정으로 입술을 삐죽 내밀었다. 나는 대꾸하지 않고 똑바로 쳐다봤다. 그러자 이소현의 얼굴이 미묘하게 붉어지면서 눈빛이 흔들렸다. 그러곤 어색한 표정으로 다급히 말을 이었다.

"뭐, 모를 수도 있지! 넌 맨날 학교에서 잠만 자니까."

"……."

"아, 그리고 이거."

이소현이 등 뒤에 숨기고 있던 뭔가를 조심스레 내밀었다.

리본으로 장식된 하늘색 상자였다.

"뭔데."

"초콜릿. 안에 편지도 있으니까 꼭 읽어 봐!"

얼른 받으라는 듯이 상자 든 팔을 쭉 내밀면서 이소현이 수줍게 미소 지었다. 발그레한 얼굴로 건네는 선물과 편지. 그게 무엇을 의미하는지 눈치 채지 못할 만큼 바보는 아니었다. 본능적으로 묘한 분위기를 감지한 나는, 바짝 날을 세웠다. 그리고 내게 주려는 마음을 단칼에 베어 냈다.

"가져가."

"…… 뭐?"

"필요 없으니까 가져가라고."

순간 정적이 흘렀다. 이소현이 멍한 얼굴로 나를 봤다. 나는 건조한 눈빛으로 말없이 이소현을 내려다봤다. 이소현의 멍한 얼굴이 점점 붉으락푸르락 달아오르더니 나중에는 거의 울 것 같은 표정으로 바뀌어 갔다. 급기야 이소현은 선물 상자를 바닥에 거칠게 던져 버리고는 빠른 걸음으로 쿵쿵거리며 교실을 나갔다.

그렇게까지 할 필요는 없었다. 선물은 받되 마음은 정중히 거절했으면 되는 일이었다. 그게 나한테 호감을 보인 상대에 대한 최소한의 예의일 테니까. 하지만 나는 예의와 겸손 대

17

신에 북풍한설보다 싸늘한 무례와 오만을 택했다. 인간관계, 특히 남녀 관계로 누군가와 얽히는 일이 내겐 귀찮고 부질없는 짓일 뿐이었다.

어떻게든 관계의 씨앗을 뿌리지 않으려는 나 혼자만의 몸부림이, 한창 감수성 풍부한 열여섯 여자애한테 어떻게 비쳤을지 안 봐도 뻔했다. 그리하여 나는 바로 다음 날부터 천하의 죽일 놈이 되었다. 남의 얘기를 떠벌리기 좋아하는 아이들의 중심에는 이소현이 있었고, 나에 대한 뒷담과 험담은 이러쿵저러쿵 그들이 원하는 방향으로 과장되고 왜곡되어 중학교를 졸업할 때까지 쭉 이어졌다.

다른 아이들과 나는 물과 기름처럼 명확히 구분되어 섞이지 못했다. 이소현 때문이라고 해야 하나, 아니면 이소현 덕분이라고 해야 하나. 어쨌든 나는 원했던 대로 철저하게 혼자가 되었다.

그리고 지금, 이소현이 또 한 번 행동 대장으로 나서 주길 내심 바라는 나 자신을 발견한다. 나를 잘 모르는 반 애들한테 이소현이 부지런히 입을 놀려 주길. 다 같이 한편이 되어 주길. 부디 나를 투명인간 취급해 주길. 혼자로 만들어 주길…….

죽음의 디데이

어릴 적 나는 다른 사람에게 마음을 쉽게 주는 아이였다. 처음 보는 어른에게 스스럼없이 다가가 재잘재잘 말을 건넸고 귀여움도 많이 받았다.

한번은 산책 나온 강아지를 예뻐하는 나를 보고 강아지 주인이었던 아저씨가 자신의 집에 새끼 한 마리가 더 있다며 보여 주겠다고 했다. 나는 고민할 것도 없이 아저씨 집으로 따라갔고, 강아지들과 신나게 놀면서 간식까지 얻어먹고 늦은 저녁이 돼서야 집으로 돌아왔다. 그러자 엄마가 걱정 가득한 눈빛으로 말했다.

"담아, 모르는 사람은 따라가면 안 돼. 알겠지?"

내가 말뜻을 이해하지 못하자 엄마는 눈높이를 맞춰 쪼그려 앉았다. 그리고 내 두 손을 살포시 잡고서 이 세상엔 좋은 사람들도 많지만 그렇지 않은 사람도 있다고 쉽게 설명해 주었다. 낯을 너무 안 가려서 엄마의 걱정을 샀던 날이었다. 그 정도로 나는 유독 사람을 좋아하고 따랐다.

그러다 같은 해 여름, 일이 벌어졌다. 고작 여덟 살이었다. 부모님 두 분을 한꺼번에 잃어버리고 그 대가로 내가 능력을 얻게 된 것은. 비가 억수같이 쏟아지던 날이었다. 부모님에게는 시속 180킬로미터로 돌진하는 차를 피할 겨를도, 기적적으로 살아날 가능성도 없었다. 음주 측정을 피해 달아난 남자는 두 시간 만에 경찰에 잡혔지만, 취기에 혀가 꼬인 와중에도 끝까지 혐의를 부인하며 잘못을 인정하지 않았다.

경찰서에서 딱 한 번 마주한, 잔뜩 비뚤어진 넥타이를 매고 있던 남자. 내 안에서 본능적으로 올라온 남자에 대한 강렬한 분노와 증오. 태어나서 처음 극으로 치달은 나의 감정이 우주의 질서에 변화라도 일으켰던 걸까, 인간으로서는 가질 수 없는 능력이 내게 생겼다. 그날부터 나는 사람들의 머리 위에 적힌 것을 볼 수 있게 됐다. 낮이건 밤이건 머리 위에서 야광 팔찌처럼 쨍한 빛을 내는 초록색 링, 그리고 생명을 품은 싱그러운 녹음(綠陰)을 연상케 하는 색깔의 링 안에 선명하게 적힌 숫자. 그것은 죽음까지 남은 날짜를 보여 주는, 죽음의 디데이였다.

부모를 잃은 상실감과 슬픔. 그 커다란 감정을 어떻게 다뤄야 하는지 어린아이는 배운 적이 없었다. 그래서 나는 무작정 아무나에게 기댔다. 그 사람에게 몸을, 마음을 의지했다. 그렇게 사이가 조금씩 가까워지면, 그때쯤 어김없이 그 사람의 디데이가 내 눈에 보이기 시작했다. 사람을 좋아하는 나였기에 더욱, 얼마 남지 않은 디데이를 마주할 때면 죄 지은 것처럼 마음이 무거워졌다. 죽음이 임박한 노인의 그것과 다르지 않은, 제 나이에 맞지 않는 디데이를 가진 젊은 사람을 볼 때 더욱 그랬다. 안쓰러운 마음에 그들을 돕고 싶었지만 어린 날의 나는 할 수 있는 게 없었다.

부모님의 장례를 치르고 나서부터는 할머니와 둘이 살게 됐다. 할머니 집 근처에 있는 학교로 전학을 갔고, 새로운 학교에서 만난 친구들에게 나는 또 마음을 기댔다. 또래 친구들과 지내다 보니 아직 한참 길게 남은 디데이 숫자에 금방 익숙해졌다. 죽음의 디데이가 보이는 것도 점차 나에게 '사람은 누구나 늙으면 죽는다'는 당연한 사실로만 다가왔고, 내 마음은 차츰 평온해졌다.

시간은 성실히 앞으로 흘러갔다. 어린 손자를 가엾게 여기는 할머니의 전폭적인 사랑을 받으며 나는 조금씩 성장해 나갔다. 사람에게 기대고 또 사람에게 치유 받으면서 긴 시간을 견뎌 낸 나는 어느덧 초등학교 6학년이 되었다.

　그날은 여느 때와 다를 것 없는 날이었다. 화장실에 가려고 복도를 지나는데, 우렁찬 목소리가 나를 붙잡았다.

　"야, 류담!"

　고개를 돌린 곳에는 동우가 장난기 철철 흐르는 얼굴로 나를 보고 있었다. 며칠 전 같은 반 상준이의 소개로 알게 된 옆반 친구였다. 동우는 처음 인사하고 같이 축구했던 날부터 나를 마치 오래 전부터 알고 지낸 친구처럼 허물없이 대했다. 눈에 띄게 활발하고 유쾌해서 언제 어디서나 관심이 집중되는 아이였다.

　"오늘 축구 고고?"

　교실 문틈 사이로 빠끔히 고개를 내민 동우가 물었다.

　"고고!"

　내 말에 동우가 씩 웃었다. 그런데 그때였다. 어……?

　나의 사고 회로가 순간적으로 정지했다. 처음으로 마주한 동우의 디데이. 예고 없이 벌어진 일이었다. 여덟 살의 그날처럼. 믿을 수 없었다. 믿어지지 않았다. 실실 웃으며 내게 초코바를 건네는 동우의 머리 위에 뜬 숫자는, 7이었다.

한동안 잠잠하던 마음에 거센 폭풍이 몰아치기 시작했다. 수업에도, 축구에도 온전히 집중할 수 없었다. 온통 동우 생각뿐이었다. 동우의 디데이가 고작 '7'인 이유를 나름대로 유추해 보기도 하고, 내 시력이나 '죽음의 디데이'의 오류를 의심해 보기도 했다.

불안해하며 고민하는 동안에도 시간은 계속 흘렀다. 오로지 나 혼자만 느끼는 팽팽한 긴장감 속에 엿새가 지나갔다. 그리고 찾아온 동우의 디데이. 여러 갈래로 뻗어 나가던 생각의 결론은 끝내 하나로 좁혀졌다.

'살리자.'

무조건 살려야 했다. 동우는 이제 고작 열세 살이었다. 만약 건강하고 어린 동우가 예정대로 오늘 죽는다면, 그건 결코 일어나선 안 되는 일이 일어나서가 아닐까. 사고, 타살, 그것도 아니면 자살. 내가 아는 동우는 누군가에게 살해될 만큼 미움을 살 만한 아이가 아니었고, 스스로 목숨을 끊을 아이는 더더욱 아니었다. 그렇다면 내가 할 일은 단 하나였다. 오늘 동우를 덮칠 그 어떤 예기치 못할 사고를 막고 말도 안 되는 이 상황을 바로잡는 것.

"오늘 왜 이래. 뭐 잘못 드심?"

동우가 나한테서 한 발짝 물러나는 시늉을 했다. 그도 그럴 것이, 오늘 나는 일어나자마자 동우네 집 앞으로 달려가서 같이 등교했다. 쉬는 시간에도, 점심시간에도 거의 스토커처럼 따라붙어 동우의 일거수일투족을 감시했다. 그리고 지금은 동우의 하굣길에 동행하는 중이었다.

"오늘만 그러려니 해."

동우한테 한 걸음 바짝 다가서며 내가 말했다.

"이유나 좀 알고 당하자고, 친구야."

"네 꿈 꿔서."

"엥, 꿈? 꿈이 왜?"

"그냥 좀 께름칙한 꿈이라서 그래."

나는 적당히 둘러댔다. 동우는 대체 어떤 꿈을 꾸었기에 이러냐면서 몇 번이고 이상하다는 말을 반복했지만, 그다지 신경 쓰는 것 같지는 않았다.

걸음이 빠른 동우가 나보다 앞서는 순간마다 나는 거머리처럼 잽싸게 따라붙었다. 교문에서 횡단보도를 건너 단독주택과 연립주택이 뒤섞인 골목으로 조금만 들어가면 동우네 집이 나온다. 그다지 멀지 않은 거리였지만 나는 길을 걷는 내내 신경을 곤두세워야 했다.

수업이 끝나고 교문을 나서는 순간부터 위험천만한 세상

과 맞닥뜨렸다.

"조심해!"

신호를 무시한 채 질주하는 오토바이를 못 본 동우가 횡단보도를 건너려 했다. 나는 필사적으로 팔을 뻗어 동우를 낚아채듯 잡아끌었다.

"우와, 심장 떨어지는 줄."

놀란 가슴을 쓸어내리며 동우가 나한테 고맙다고 했다. 네 꿈이 이거였나 보다, 하면서 동우는 웃었다. 하지만 그 후로도 나는 경계 태세를 늦추지 않았다. 차와 오토바이 같은 모든 바퀴 달린 기계부터 시작해서 공사 중인 건물, 산책 나온 대형견들까지 전부 위협적으로 느껴졌다. 안심할 수 없는 건 사람도 마찬가지였다. 주변을 지나는 사람들 중에 수상한 사람은 없는지 꼼꼼히 살폈다. 혹시 모를 상황에 대비해 핸드폰도 손에 꼭 쥔 채였다.

"이제 가, 인마. 그만 귀찮게 하고."

집 앞에 도착하자 동우가 내 등을 툭 쳤다.

"오늘 진짜 어디 안 가?"

"안 간다니까. 학원 수업 없는 날이라."

"엄마는? 집에 계셔?"

"야근 땜에 늦는대. 난 오늘 자유의 몸이라 이거지. 하핫!"

생각만 해도 신나는지 동우가 승리의 브이를 그리면서 웃었다. 웃음소리가 유난히 경쾌했다. 동우는 엄마와 둘이 살았다. 밤늦게까지 혼자 있을 동우가 아무래도 걱정됐다.

"집에서 뭐할 건데?"

"무조건 게임이지!"

"나도 같이 하면 안 되나?"

"그건 좀……. 엄마가 집에 누구 데려오는 거 싫어하거든."

동우가 난처한 기색을 띠며 말했다. 나는 괜찮다고 하면서 한 번 더 당부했다.

"어디 나가면 안 돼. 오늘만. 어?"

"에헤이, 걱정 말라니까. 엄마 올 때까지 게임만 할 거야. 나 간다!"

동우가 손을 흔들며 빙글 돌아섰다. 계단을 올라 내 시야에서 완전히 사라질 때까지 나는 불안한 눈길로 동우의 뒷모습을 좇았다.

해 떨어진 지가 언젠데 안 들어오고 뭐하냐는 할머니의 전화가 걸려올 때까지, 나는 동우의 집 앞을 하염없이 서성거렸다. 핸드폰을 보니 어느새 밤 열 시가 다 돼 있었다. 치열했던 하루가 저물고 있지만 그렇다고 안심할 수는 없었다. 혼자 있는 동우를 두고 가려니 좀처럼 발이 떨어지지 않았다.

동우 엄마가 퇴근하고 올 때까지 조금만 더 기다려볼까 생각했다. 그러나 잠시 후 할머니의 재촉 전화가 걸려오는 바람에 어쩔 수 없이 집으로 향해야만 했다. 집에 도착하자마자 걱정되는 마음에 동우한테 전화를 걸었지만 동우는 전화를 받지 않았고, 나는 뜬눈으로 밤을 새웠다.

다음 날 동우는 학교에 오지 않았다. 그 다음 날도, 또 그 다음 날도. 그리고 며칠 뒤, 동우의 책상 위에 하얀 꽃이 놓였다.

여기저기서 주워들은 이야기들을 종합하면 사건의 전말은 이랬다. 그날 밤, 집에서 게임을 하던 동우는 라면을 사러 동네 슈퍼에 갔다. 계산을 하려는데 주인아저씨가 느닷없이 가게 문을 잠그더니 동우한테 바지를 벗으라고 했다. 용돈을 주겠다고 했다. 동우는 말을 듣는 대신 핸드폰을 꺼냈다. 그리고 엄마 혹은 경찰이었을 누군가의 번호를 다급하게 누르기 시작했다. 필사적인 동우의 모습이 남자를 자극했다. 유독 축구를 잘했던 동우의 운동신경도 성인 남성의 무력 앞에선 무용지물이었다. 통화 버튼이 눌리기도 전에 주인아저씨가 휘두른 둔기에 머리를 맞고 쓰러진 동우는 그 자리에서 숨졌다.

동우는 이 동네에서 태어나 자랐다. 마찬가지로 이곳에서

20년 가까이 장사를 해 온 범인은 동우가 나고 자라는 모습을 쭉 지켜본 어른이었다. 구김 없이 밝은 동우가 그동안 슈퍼를 드나들면서 얼마나 살갑게 범인을 마주했을 것이며, 얼마나 수다스럽게 자기 얘기를 미주알고주알 늘어놨을지 안 봐도 눈에 훤했다. 사람을 잘 믿고 따르는 동우의 모습이 꼭 나 같아서 동질감을 느끼곤 했으니까. 그놈은 오랫동안 더러운 속내를 감추고 동우를 향해 인자하게 미소 지었을 것이다. 가면 뒤에 숨어 호시탐탐 기회를 노렸을 것이다. 그러다 인적 드문 밤에 동우가 제 발로 슈퍼를 찾아오니 이때다 싶었을 것이다. 살살 꾀면 넘어올 거라 생각했던 아이가 생각대로 움직여 주지 않자 놈은 가차없이 동우의 생명을 앗아갔다.

　범인은 범행 사실을 인정하면서도 술에 취해 충동적으로 저지른 일이라며 심신 미약을 주장했다. 그 이야기를 듣는 순간 내 머릿속에는 부모님을 죽게 만든 그 남자가 겹쳐졌다. 사람을 죽이고도 뻔뻔하게 감형을 구걸하는 두 남자. 사람을 죽이고도 멀쩡히 살아 숨 쉬고 있는 두 남자. 그런 생각이 들자 나는 처음으로 인간이라는 존재에 환멸을 느꼈다. 사람에게 기대고 사람에게 치유 받았던 지난 시간들이 모래성처럼 와르르 무너져 내렸다. 두 남자에 대한 분노는 차츰차츰 허무감과 무력감으로 변해 갔다.

나는 더 이상 사람을 믿을 수 없었다. 모든 것들이 부질없게 느껴졌다. 친구의 숫자가 무엇을 의미하는지 알면서도 죽음을 막지 못했다. 그 사실이 나를 맥없이 무너뜨렸다. 죽음의 디데이를 보는 능력은 배트맨이나 스파이더맨의 그것처럼 세상을 구하는 특별한 도구가 아니었다. 그저 내가 얼마나 미약하고 쓸모없는 존재인지를 깨닫게 하는 형벌에 가까웠다.

머릿속의 생각은 차곡차곡 쌓여 확신과 신념으로 점차 굳어져 갔다. 누구든 정해진 죽음을 피해 갈 수 없다. 나 또한 죽음의 디데이가 언제인지 볼 수 있을 뿐, 그 죽음에 조금도 관여하지 못한다. 그러니 어설프게 돕고 싶은 마음이 들지 않도록 애초에 사람과 관계를 맺지 않으면 된다. 나랑 관계없는 사람의 디데이는 내 눈에 보이지 않을 테니 그렇게 아무것도 모르는 척, 아무것도 눈에 보이지 않는 척 살아가기로 마음먹었다.

더는 사람과 관계 맺지 않기. 더는 사람을 믿지 않기. 그것이 내가 나를 지킬 수 있는 유일한 방법이었다.

거꾸로 해도 소미소

남하고 말 섞기가 싫다고 해도, 혼자 집에만 있는 건 어쩐지 좀 심심하고 답답했다. 그래서 나는 후드 점퍼를 챙겨 입고 동네 산책을 나왔다. 횡단보도를 건너는데 선선한 봄바람이 목덜미를 훑고 지나갔다. 나는 지퍼를 끝까지 올린 뒤 주머니에 손을 넣고 공원으로 향했다.

늦은 시간인데도 공원에는 산책 나온 사람이 생각보다 많았다. 다양한 연령대의 사람들이 걷거나 뛰거나 꽃 앞에서 사진을 찍고 있었다. 삼삼오오 즐거워 보이는 사람들에게서 시선을 거두고 나는 이어폰을 귀에 꽂았다. 할머니가 좋아하던 잔잔한 올드 팝송이 흘러나왔다. 나는 색색의 봄꽃들을 은은하게 비추는 가로등 아래의 산책로를 천천히 거닐면서 잠시 할머니 생각에 잠겼다.

작년 초가을이었다. 여름 태양의 열기가 미처 가시지 않았던 낮과 달리 저녁에는 제법 쌀쌀한 바람이 불었고, 변해 가는 날씨를 따라 내 마음도 점점 시리고 황량해졌다. 겨울이 오기 전, 할머니의 디데이가 찾아온다는 사실을 알고 있었기 때문이다. 처음 할머니 집에서 지내기 시작했던 그날부터 내겐 할머니의 디데이가 보였다. 그땐 그저 할머니는 노인이니까 디데이가 길지 않은 게 당연하게 느껴졌고, 8년이면 짧은 시간은 아니라고 생각했다. 8년이 이렇게 빨리 흘러 버릴 줄은 몰랐던 거다. 하루는 할머니랑 저녁을 먹다가 물었다.

"할머니, 할머니는 언제 죽을지 미리 알면 좋을 것 같아요?"

"글쎄다……. 그런 건 생각해 본 적이 없어서."

할머니는 반찬을 오물거리면서 대수롭지 않게 대답했다.

"한번 생각해 보세요. 언제 죽을지 알면, 그 전에 꼭 해 보고 싶은 일 있어요?"

할머니가 사뭇 진지한 얼굴로 고민하는 동안 나는 생각했다. 죽음을 피하거나 미루진 못해도, 할머니가 하고 싶은 일이 있다면 내가 꼭 도울 거라고.

"그래, 있다."

잠시 허공을 응시하던 할머니가 문득 깨달은 표정으로 말했다.

"이렇게 너랑 같이 앉아서 오순도순 밥 먹는 거. 우리 담이 잘 크는 모습 지켜보는 거."

시시한 대답이었다. 어디 멀리 여행을 간다거나, 그리운 누군가를 만난다거나, 못다 이룬 오랜 꿈을 이룬다거나 하는 거창한 일일 줄 알았는데.

"에이, 별 거 없네요."

"인생은 원래 별 게 없단다."

할머니는 생선살을 발라 내 숟가락 위에 얹어 주면서 덧붙였다.

"근데, 사람이라는 게 또 그 별 거 없는 것들 때문에 살아지는 거야. 나를 살게 하는 무언가가 있으면 그것만으로도 충분히 살아갈 이유가 생기니까."

그 말의 의미를 온전히 이해할 수는 없었지만 그래도 나는 할머니의 말을 마음에 새겼다. 그리고 다시 물었다.

"만약에 죽는 날을 미룰 수 있다면 할머니는 그렇게 할 거예요?"

할머니는 가만히 고개를 가로저었다.

"이만치 살았으면 됐지, 그 이상 바라면 욕심이다. 순리대로 가야지, 순리대로……."

당신의 말처럼 할머니는 겨울이 오기 전 순리대로 내 곁을 떠났다. 청명한 가을 하늘에 주홍빛 노을이 물들어 갈 때쯤 할머니의 희미한 숨줄이 완전히 끊어졌다. 유난히 더위와 추위를 타는 할머니가 쾌청하고 좋은 계절에 영원히 머무를 수 있어 다행이라고 생각했다. 그렇게 부모님과 동우에 이어 할머니까지 떠나보내고 나는 완벽한 혼자가 되었다.

이런저런 생각에 빠져 걷다 보니 생각보다 멀리 와 있었다. 나는 왔던 길로 돌아가려고 몸을 틀었다. 그런데 그때, 오른쪽 풀숲 사이로 고개를 내민 초록색 눈동자와 정면으로 눈이 마주쳤다. 사람의 그것과 달리 어둠 속에서 발광(發光)하는 구슬 같은 눈동자. 고양이였다.

나는 이어폰을 빼고 천천히 고양이 쪽으로 다가갔다.

"냐아-"

고양이가 경계하듯 움찔 뒤로 물러섰다. 나는 고양이와 거리를 조금 두고 발을 멈췄다. 그러자 고양이는 앞으로 몇 발짝 살금살금 조심스럽게 나왔다. 손바닥 두 개를 펼친 정도

거꾸로 해도 소미소

크기의 검은색 고양이였다.

"여기서 뭐해?"

나는 고양이 앞에 쪼그려 앉았다. 고양이가 초록색 눈으로 나를 빤히 응시했다. 그러더니 내 발치로 사뿐사뿐 걸어와 코를 킁킁댔다. 나를 탐색하는 듯해 조용히 기다려 주었다. 빳빳하게 곤두섰던 고양이의 털이 서서히 가라앉고 꼬리가 살랑거렸다. 코부터 턱까지 난 하얀 털이 정확히 하트 모양을 그리고 있는 게 독특했다.

"하트 고양이네. 엄마는 어딨어?"

차분하게 물으면서 엉덩이 쪽을 톡톡 두드려주자, 하트 고양이가 이번엔 양쪽 뺨을 내 무릎에 번갈아가며 비볐다. 조그마한 고양이가 품은 온기가 제법 따뜻했다. 애교 부리는 모습이 귀여워 나도 모르게 피식 웃음이 났다. 그 순간 팟, 하고 고양이 머리 위로 죽음의 디데이가 떴다. 딱히 놀랄 일은 아니었다. 생명이 있으면 죽음도 있는 법이고, 고양이 또한 생명이 있는 존재니까. 그런데 고양이의 눈동자와 닮은 초록색 링 안에 뜬 숫자가 좀 이상했다.

"아직 어려 보이는데……."

의아해진 나는 혼잣말을 중얼거렸다. 아무리 봐도 고양이는 한 살도 채 안 돼 보였고, '8'이라는 디데이 숫자와 어울리지 않았다. 이 작고 마른 고양이에게 대체 무슨 일이 생기는 걸까. 나는 안쓰러운 마음이 들어 손을 뻗어 부드러운 털을 살살 쓰다듬었다. 어쩌면 새끼 고양이 정도는 내가 도울 수 있을지도……. 아니, 아니다. 나는 곧 힘없이 고개를 저었다. 동우를 떠올리면서 다른 생명의 죽음에 더는 관여하지 말자고 다시 한번 다짐했다.

고양이의 머리를 쓰다듬고 있는 그때, 갑자기 꼬마 아이들의 목소리가 뒤에서 들려왔다.

"어! 고양이다!"

"우와아! 나 만져 볼래!"

"나 먼저야!"

카랑카랑한 아이들의 목소리와 타다닥 발소리가 빠른 속도로 가까워지자 화들짝 놀란 고양이는 반사적으로 짧게 하악질을 하더니 풀숲으로 쏜살같이 사라졌다. 곧이어 초등학교 일이 학년쯤 돼 보이는 아이들이 다가왔다.

"뭐야, 가 버렸어."

"야옹아, 어딨니? 다시 나와!"

"미야오옹. 미야오오옹."

아이들은 아쉬운 얼굴로 풀숲을 바라보면서 고양이를 유인하려 애썼다. 하지만 하트 고양이는 더 이상 모습을 드러내지 않았다. 나는 무릎을 짚고 천천히 일어섰다. 길고양이와 조금 더 시간을 보내고 싶었는데 그러지 못해 아쉬웠다. 마뜩잖은 기색을 괜히 아이들한테 보이고 싶지 않아 몸을 돌려 공원 입구 쪽으로 터덜터덜 되돌아갔다. 혹시나 하는 마음으로 하트 고양이를 찾아 두리번거리며 걸었지만, 바스락거리는 소리조차 듣지 못하고 공원을 나서야 했다.

미련 가득한 마음을 안고 공원을 나온 나는 대로변을 따라 쭉 걸었다. 작은 카페 몇 개와 꽃집, 그리고 자전거 수리점을 지나자 큰 사거리 횡단보도가 나왔다. 나는 자연스럽게 집 쪽으로 뻗은 횡단보도 앞에 섰다.

'좀 출출한데……. 편의점 들러서 라면이나 먹고 갈까. 아, 지갑 가지고 나왔나?'

바지 주머니를 뒤지다가 무심코 오른쪽으로 고개를 돌렸다. 그런데 이쪽으로 횡단보도를 건너오는 사람들 중에 낯익은 얼굴 하나가 눈에 들어왔다.

'거꾸로 해도 소미소야. 외우기 쉽지?'

퍼뜩 떠오른 건 이름이었다. 우리 반 반장 소미소. 붙임성 좋고 활발한 소미소가 날 알아보기라도 하면 괜히 귀찮아질 것 같아 덜컥 걱정이 앞섰다. 아예 마주치지 않는 게 나을 듯해 몸을 돌리려는데, 소미소가 먼저 몸을 돌렸다.

소미소는 자신이 건너온 쪽으로 몸을 반쯤 돌려 서더니 어딘가를 뚫어져라 응시했다. 의아한 마음으로 그 시선을 따라가자, 그 끝에 지팡이를 짚은 백발의 할머니가 보였다. 산처럼 허리가 굽은 할머니는 시선을 바닥에 고정한 채 천천히, 아주 천천히 횡단보도를 건너고 있었는데, 그 모습이 자못 위태로워 보였다. 재촉하듯 깜빡이는 신호등의 녹색 숫자가 점점 줄어들고 있었다. 15, 14, 13, 12······.

지팡이에 몸을 의지해 걷는 할머니의 느린 걸음에는 좀처럼 속도가 붙지 않았다. 그런데 그때, 소미소가 눈을 동그랗게 뜨고 사방을 휘휘 살피더니 종종걸음으로 할머니 쪽으로 다급히 뛰어갔다.

나는 할머니를 부축해 횡단보도를 건너오는 소미소를 보지 않으려 애썼다. 그러나 의지와 무관하게 눈길이 자꾸만 소미소 쪽을 향했다. 빠르게 줄어드는 신호등 숫자가 계속 신경 쓰였다. 할머니의 보폭에 맞춰 걷는 데만 온통 정신이 팔려 좌우를 살피지 않는 소미소와 달리, 나의 눈동자는 360도로 회전하고 있었다.

3, 2, 1. 마침내 횡단보도 신호등이 빨간 불로 바뀌었다. 정지선에 멈춰 있던 차들은 다행히 출발하지 않았고 경적 소리도 들리지 않았다. 소미소와 할머니가 횡단보도를 건너는 걸

잠자코 기다려주는 듯했다.

휴, 모범적인 운전자들의 모습에 안도의 한숨을 내쉬는 그때였다. 앞차들에 가려 상황을 인지하지 못한 차 하나가 텅 비어 있는 끝 차선으로 방향을 틀더니 빠른 속도로 달려오기 시작했다. 나는 급히 횡단보도 쪽과 달려오는 차 쪽을 번갈아 쳐다봤다. 횡단보도를 거의 다 건너온 소미소와 할머니가 이제 막 마지막 차선을 향해 굼뜬 발을 내디뎠고, 짜증스러운 굉음을 내며 전속력으로 달려오는 차는 조금도 속력을 늦출 생각이 없어 보였다.

나랑 상관없는 일이다. 차에 부딪혀 죽는다면 저 둘의 운명이 거기까지인 거다. 죽음의 디데이가 오늘일 수도 있는 거고. 괜히 끼어들지 말자.

나는 상황을 외면하며 이성의 끈을 붙들려 애썼다. 하지만 불안하게 쿵쿵 뛰던 심장이 이내 온몸에서 쾅쾅 번개 치듯 울려 대는 통에 결국 사고가 정지되고 몸이 먼저 움직였다. 무작정 횡단보도로 뛰어든 나는 소미소와 할머니 앞을 두 팔을 벌려 막아섰다. 떨리는 두 다리에 힘을 주는 순간, 강렬한 헤드라이트 불빛과 귀를 찢는 듯한 경적 소리가 한꺼번에 덮쳐 왔다. 나도 모르게 질끈 눈이 감겼다.

빠아아아앙—!

긴 경적 소리에 이어 아스팔트를 긁는 거친 소리.

끼이이이익—!

거센 바람이 훅, 얼굴을 훑고 지나갔다. 그리고 곧바로 정적이 흘렀다. 세상이 정지한 것처럼 주위가 고요해졌다. 나는 눈썹을 찡그리며 천천히 눈을 떴다. 검은색 대형 승합차 한 대가 바로 눈앞에 서 있었다. 한 뼘도 안 되는 거리. 자동차 보닛에서 뿜어져 나오는 더운 열기가 느껴질 만큼 가까운 거리였다.

"하……."

"너…… 류담?"

비로소 긴장이 풀린 내 입에서 저절로 한숨이 새어 나온 것과 소미소가 당황한 목소리로 내 이름을 부른 것은 거의 동시였다. 이어 주위 사람들의 술렁거리는 소리가 깊은 물속에서 듣는 것처럼 몽롱하게 귓속을 웅웅 파고들었다.

"깜짝이야. 심장 떨어지는 줄 알았네."

"어머, 어떡해. 사람이 치인 거야?"

"학생들 같은데…… 괜찮나?"

"어휴, 큰일 날 뻔했네."

그리고 그때, 짙게 선팅한 검은색 차에서 울그락불그락한 얼굴로 고개를 내민 운전자가 나를 향해 손가락질을 했다.

"야! 너 미쳤어? 죽으려고 환장했냐고!"

금방이라도 차에서 내려 때릴 기세로 운전자가 흥분하며 윽박질렀다.

"미친 건 아저씨죠!"

"방금 저 사람들 치일 뻔한 거 몰라요? 신고해 드려요?"

"아저씨, 여기 횡단보도예요. 보행자 우선이라고요."

내가 뭐라 대꾸할 틈도 없이, 주변에 있던 어른들이 한목소리로 운전자에 맞서기 시작했다. 그러자 횡단보도 정지선에 멈춰 있던 다른 운전자들까지 쩌렁한 목소리로 가세했다.

"할머니랑 학생 건너고 있는 거 못 봤습니까?"

"차들이 멈춰 있으면 이유가 있겠거니 하고 기다려야죠!"

"뭘 잘했다고 아저씨가 큰소리쳐요."

"뭐가 그리 급해서…… 쯧쯧."

사람들의 질타가 날아들자, 운전자는 욕설 섞인 혼잣말을 구시렁대며 차 안으로 고개를 넣더니 창문을 닫고는 유유히 사라졌다. 이어 정신을 차린 나는 두 사람과 함께 무사히 인도에 올랐고, 멈춰 있던 차들도 무슨 일이 있었냐는 듯 동시에 출발했다.

백발의 할머니는 소미소와 내 손을 꼭 잡고는 도와줘서 고맙다는 말을 몇 차례나 반복하고 떠났다. 할머니에게 연신 밝게 웃던 소미소는 둘만 남게 되자 돌연 표정이 변했다.

"류담, 네가 왜 여기 있어?"

"……."

황당한 질문에 나는 말문이 막혔다. 소미소가 다시 물었다.

"왜 그런 거야?"

"뭐를."

"왜 날 도와줬냐고."

질문의 의도를 도무지 알 수가 없었다. 이럴 땐 고맙다는 말이 먼저 아닌가 싶어 불퉁한 마음이 들었다. 빤히 나를 보는 소미소의 동그란 고동색 눈동자가 내 진심을 꿰뚫어 보려는 것 같아 괜히 불편했다.

"…… 생각나서."

"뭐?"

"돌아가신 할머니 생각나서 그랬다고. 나 간다."

뭔가 말하려는 듯 입술을 달싹이는 소미소를 뒤로 하고 나는 서둘러 방향을 틀었다. 그리고 집 쪽으로 성큼성큼 걸어갔다. 누가 쫓아오는 것도 아닌데 걸음이 절로 빨라졌다. 얼른 사정거리를 벗어나지 않으면 뒤에서 소미소가 나를 불러 세울 것 같았다. "류담!" 하고 부르는 환청이 들려오는 것만 같았다.

"다녀왔습니다."

집에 돌아온 나는 아무도 없는 조용한 집에 습관처럼 인사를 내뱉었다. 피곤한 목소리가 넓은 집에 공허하게 울렸다.

으리으리하진 않지만 확실히 혼자 살기에는 넓은 집. 부모님의 사망 보험금은 미성년자인 나 대신에 할머니가 관리했고, 할머니가 돌아가신 후에는 법정대리인이 된 삼촌에게 관리 권한이 넘어갔다. 결과적으로 이 집과 대학 졸업까지 쓸 수 있는 적당한 생활비가 내 몫으로 남겨졌다. 드라마에 나오는 것처럼 친척들이 우르르 몰려와 보험금을 갈취하는 상황은 일어나지 않았다.

어린 내가 무던하게 생활할 수 있게 된 것만으로도 다행한 일이라고 친척 어른들은 말했다. 세상에는 따뜻한 보금자리 대신 빚만 잔뜩 남기고 가는 부모도 많다고 그들은 덧붙였다. 내 후견인이 된 삼촌은 일의 특성상 출장이 많아 나를 곁에 두고 돌볼 상황이 아니라며 이 집에서 그냥 계속 지내는 게 좋겠다고 말했다. 보험금에 손 댈 생각은 눈곱만큼도 없으니 걱정 말고 매달 보내 주는 돈으로 잘 먹고 잘 입고, 그저 공부만 열심히 하면 된다고 했다. 내가 여자아이였으면 안전 때문에라도 어떻게든 데려가서 키웠을 텐데 남자아이라서 안심이라고도 했다.

아닌 척 선을 그으며 가볍게 내뱉는 어른들의 말은 내 가슴을 묵직하게 때렸다. 다행이라니. 안심이라니. 따뜻한 보금자리라니. 엄마 아빠에 이어 할머니까지 떠난 그날, 나는 우주를 잃고, 방향을 잃고, 의미를 잃었다. 나를 덮친 온갖 비극에 저항할 힘조차 상실했다. 차가운 도마 위에 놓여 칼질을 기다리는 생선과 다를 바 없는 신세가 된 것이다.

"후……."

지친 한숨을 내쉬며 침대 안으로 기어들어 갔다. 한 손으로 이불을 덮으면서 다른 손으로는 자연스럽게 베개 옆에 놓인 낡은 곰 인형을 끌어안았다. 갓난아기 때부터 늘 곁에 두고 잤던 애착인형이었다. 한 번씩 부모님 생각에 날 때마다 손때가 묻은 이 인형을 끌어안으면 왠지 마음이 안정되곤 했다. 그래서 아무리 낡고 해어져도 버릴 수가 없었다.

나는 인형을 끌어안은 팔에 힘을 주면서 눈을 감았다. 그리고 잠을 청하려는데, 불현듯 나를 빤히 보던 소미소의 얼굴이 둥실 떠올랐다.

한 번도 시련 따위 겪어 본 적 없는 것처럼 맑기만 한 눈동자. 눈에 띄게 밝고 당찬 표정과 몸짓. 할 말은 하고 궁금한 건 물어야 직성이 풀리는 나이에 맞는 순수함. 소미소야말로 따뜻한 보금자리에서 아무 걱정 없이 행복한 삶을 살고 있겠지. 그게 얼마나 값진 삶인지 잃어 보지 않은 사람은 모른다. 자신의 보호자가 자신이어야 할 필요가 없는 평범한 열일곱 살의 무난하고 안온한 삶이 문득, 사무치게 부러워졌다.

'왜 날 도와줬냐고.'

이어서 떠오르는 소미소의 말. 그건 생각지도 못한 사람의 생각지도 못한 행동에 대한 순진한 호기심이었을 것이다. 소미소한테는 할머니 생각이 나서 그랬다고 둘러댔지만 나 자신까지 속일 수는 없었다. 할머니 생각이 나서 그랬던 건 아니었다. 그렇다고 뚜렷한 이유가 있는 것도 아니었다. 실은 나도 남 일에 무관심한 내가 어떻게 그리 앞뒤 안 가리고 횡단보도로 뛰어들었는지 이유를 몰라 아리송했다. 오지랖 넓은 소미소보다도 더 오지랖 넓은 짓을 해 버렸다. 불과 며칠 전까지만 해도 소미소랑 나는 이름도 모르는 사이였는데 말이다.

정작 돕고 싶었던 사람을 돕지 못한 내가 아니었던가. 그 생각을 하자 갑자기 바늘로 찌르는 듯 가슴이 쿡쿡 쑤셨다. 초등학교 6학년에 머물러 있는 동우가, 여전히 내 머릿속에서 해맑게 웃고 있었다.

또 다른 능력자의 등장

　다음 날 학교에 가니, 나는 나도 모르는 사이에 스타가 돼 있었다.

　"이거, 너 맞지?"

　"미소한테 들었어. 얘 맞대."

　"근데 모자이크는 왜 한 거야? 범죄자가 아니라 영웅인데."

　"평소엔 말도 없더니 존재감 폭발이네. 쫌 멋있다, 너!"

　말 한번 안 섞어본 반 아이들이 갑자기 너 나 할 것 없이 핸드폰을 들고 내 자리로 와서는 말을 걸었다. 미간을 팍 구긴 내 앞으로 핸드폰들을 하도 내밀어 대는 통에, 나의 의지와 무관하게 핸드폰을 봐야 했다.

핸드폰 화면에는 '8차선 건너는 할머니를 부축하는 여학생, 그리고 아찔한 순간'이라는 제목의 뉴스가 떠 있었다. 핸드폰 주인이 손가락으로 화면을 빠르게 스크롤한 다음 기사 끝에 첨부된 영상을 클릭했다. 영상 속에는 어젯밤 횡단보도에서 할머니를 부축하는 소미소와 잠시 뒤 차를 발견하고 횡단보도로 뛰어들어 둘 앞을 막고 선 내 모습이 모자이크 처리된 채 담겨 있었다.

이후로 한동안 귀찮은 날들이 이어졌다. 소미소와 나를 따로 불러낸 교장 선생님이 흐뭇한 얼굴로 삼십여 분간 건네는 칭찬과 덕담 정도는 얼마든지 웃어넘길 수 있었다. 문제는 반 아이들이었다. 제발 혼자 있고 싶은데 시도 때도 없이 말을 걸어왔다. 그러면서 멋대로 나를 영웅으로 치켜세우질 않나, 혹시 소미소를 좋아하는 거 아니냐고 넘겨짚질 않나, 평소에 왜 그렇게 말수가 없냐고 추궁하질 않나, 기사 영상도 올라오고 유명해졌으니 이참에 얼굴 공개하고 방송 찍어 보는 건 어떠냐고 내 진로까지 간섭했다.

제일 웃긴 건 소미소였다. 둘이 사귀는 거 아니냐고 아이들이 놀려도 가만히 있고, 심지어 상황을 즐기는 것처럼 보였다. '생명의 은인'이라는 거창한 이름으로 나를 부르며 부담스러울 정도로 호의를 베풀었다. 호시탐탐 기회를 노리는 눈빛으로 나를 지켜보다가, 도움이 필요한 순간이라고 느끼면 득달같이 달려와 챙겼다. 오버스러운 소미소 때문에 다른 아이들이 우리 사이를 더 의심하는 것 같았다.

"은인! 혹시 이거 필요해?"

"은인! 어디 아파?"

"은인! 청소 당번 내가 대신해 줄까?"

목소리는 또 얼마나 큰지, 정말이지 할 수만 있다면 이 교실에서 도망가고 싶었다.

"아니."

"필요 없어."

"이제 그만해, 진짜."

내가 아무리 쌀쌀맞게 대해도 소미소는 지칠 줄 몰랐다. 대체 왜 이렇게까지 하는 건지, 부담스러워하는 내 반응이 재밌어서 그러는 건지, 아니면 그냥 만만한 건지, 의중을 알 수 없어 더 답답했다.

어쨌든 반 아이들 말을 그러구러 몇 번 받아 주다 보니, 내 눈에 갑자기 디데이가 하나둘 보이기 시작했다. 팟, 팟, 팟, 팟, 팟. 둥근 초록색 링과 그 안에 죽음의 숫자들이 은하수 별

또 다른 능력자의 등장

들처럼 교실 안을 가득 메우며 빛났다. 아차 싶었지만 이미 때는 늦었다. 이제는 보기 싫어도 억지로 봐야 했다. 수많은 죽음의 디데이를.

　그 와중에 하나 이상한 점이 있었다. 이유가 어찌 됐든 반에서 나랑 제일 많이 말을 한 건 소미소였다. 그런데 다른 아이들과 달리 소미소의 머리 위만 썰렁하게 비어 있었다. 이제껏 소미소만큼 나한테 적극적으로 다가오는 사람도 없었는데 웬일인지 그 애만 보이지 않았다. 의문이 머릿속을 지배하는 정도는 아니었지만 문득문득 궁금증이 일었다. 물론 떠올린 질문에 대한 답은 어디에서도 구할 수 없었다.

　난생 처음 원치 않는 주목을 한몸에 받느라 소진된 에너지를 다시 충전하기 위해, 혼자 밤 산책에 나섰다. 벚꽃이 흐드러지게 핀 공원은 핑크빛으로 물들어 있었다. 진작부터 물이 올라 꽃망울을 터뜨린 노란 개나리도 아직 한창이었다. 추위가 물러가서인지 밤인데도 바람이 포근했다. 옷차림이 한결 가벼워진 사람들이 눈에 들어왔다. 나처럼 후드 티 한 장만 입고 나온 사람도 많이 보였다.

사람과 개와 꽃과 풀벌레가 가득한 공원을 천천히 거닐었다. 한참을 걷다가 문득 후드 티 주머니에 손을 넣었더니 바스락, 소리가 났다. 오는 길에 편의점에서 산 고양이 간식 츄르였다. 지난번에 마주친 하트 고양이와 오늘 또 우연히 만날 수도 있지 않을까 싶어서였다. 오늘이 바로 디데이니까, 마지막으로 간식이라도 챙겨 주고 싶었다.

잠시 후 바스락, 이번에는 내 주머니가 아니라 풀숲에서 소리가 났다. 저번 산책 때 고양이를 발견했던 위치와 가까운 곳이었다. 나는 긴가민가 하는 마음으로 소리가 들린 쪽을 향해 걸음을 옮겼다. 이어서 마주친 익숙한 초록색 눈.

"안녕, 잘 있었어?"

나는 말을 건네며 풀숲 앞에 쪼그려 앉았다. 그러자 잔뜩 경계하던 초록색 눈동자가 나를 향해 느리게 한 번 깜박였다. 일명 눈 키스. 고양이만의 인사법이었다. 나를 기억하는 걸까. 나도 천천히 눈을 감았다 뜨며 인사했다. 머뭇거리던 고양이는 잠시 후 어둠 속에서 살며시 모습을 드러냈다. 예상했던 대로 하트 고양이였다.

"배 안 고파? 간식 줄까?"

간식이라는 말에 고양이의 검은색 귀가 쫑긋 솟았다.

"냐-."

또 다른 능력자의 등장

대답하듯 작게 울면서 내 앞으로 살그머니 다가왔다. 주머니에서 주섬주섬 츄르를 꺼내 비닐을 뜯어 내밀자, 하트 고양이는 킁킁 냄새를 한 번 맡더니 이내 적극적으로 핥기 시작했다. 정신없이 날름거리며 츄르를 받아먹는 고양이를 흐뭇하면서도 안쓰러운 마음으로 지켜보는데, 뭔가 이상했다.

하트 고양이 머리 위에 '769'라는 디데이가 떠 있었다. 분명 하트 고양이의 디데이는 오늘이 '1'이어야 맞는 거였다. 내가 잘못 봤나 싶어서 눈을 한번 질끈 감았다가 뜨고 다시 봤다. 잘못 본 게 아니었다.

죽음의 디데이가 바뀌었다고……?

순간 머릿속에 벼락이 쳤다. 이제껏 숫자가 바뀌는 건 단 한 번도 본 적이 없었다. 태어날 때부터 정해진 수명은 말 그대로 운명인 것이고, 운명이란 건 절대로 바꿀 수 없는 게 아니었던가? 그럼 이건 뭐지? 하트 고양이를 향한 신의 장난? 아니면 신의 실수? 동우의 디데이를 보고 떠올렸던 터무니없는 상상이 이제는 합리적인 의심으로 자리 잡았다. 책, 인터넷, 사람, 그 어디에서도 답을 구할 수 없는 물음표들이 머릿속에 가득 차올랐다. 혼란스러운 마음에 길게 한숨을 내쉬었다. 내 속을 알 리 없는 하트 고양이는 내용물을 다 먹고도 아쉬운지 빈 봉지를 잘근잘근 씹고 있었다.

"대체 숫자가 어떻게……."

아연한 눈으로 고양이를 바라보며 멍하니 중얼거리는 그때였다.

"너, 뭐냐?"

난데없이 등 뒤에서 낯선 목소리가 날아왔다. 뒤를 돌아보니 처음 보는 아저씨가 서 있었다. 나이는 눈대중으로 사십 대 후반에서 오십 대 초반 즈음. 보통 사람에 비해 두 배는 커 보이는 얼굴과 몸집, 길게 찢어진 매서운 눈매, 구레나룻부터 턱까지 덥수룩하게 덮고 있는 무성한 수염. 범상치 않은 생김새가 꼭 산적 같기도 하고 조폭 같기도 했다. 백 킬로그램은 족히 돼 보이는 우람한 덩치의 털보 아저씨가 무표정으로 나를 내려다보고 있었다. 힘으로는 결코 제압할 수 없을 것 같은 몸. 그래도 키는 내가 더 큰 것 같은데……. 하지만 일어설 타이밍을 놓친 나는 쭈그려 앉은 채로 어정쩡하게 얼어붙었다. 문득 주변에 아무도 없다는 사실을 깨닫자 괜히 등골이 서늘해졌다.

미간을 구긴 채 이러지도 저러지도 못하는 나를 보고, 털보 아저씨가 질문을 바꿨다.

"너, 혹시 숫자가 보이는 거냐?"

"네?"

화들짝 놀란 내가 반사적으로 벌떡 일어섰다.

"맞구나."

아저씨가 내 반응을 보고 확신하는 눈빛으로 입술을 실룩거렸다. 무성한 수염이 입술 움직임을 따라 흔들렸다.

"흠……."

털보 아저씨는 진지한 얼굴로 눈썹을 까딱이더니, 손에 든 물병을 따서 일회용 접시에 졸졸 따랐다. 그리곤 쭈그려 앉아서 하트 고양이 앞에 놓았다.

"아저씨도 디데이가 보여요? 그런 거죠?"

"……."

흥분해서 물었지만 웬일인지 아저씨는 묵묵부답이었다. 열심히 물을 할짝거리는 고양이한테 그저 시선을 고정하고 있을 뿐이었다. 이 아저씨 뭐지? 다짜고짜 숫자가 보이냐고 물어볼 땐 언제고. 살짝 심사가 꼬이려는 그때, 빈 접시를 챙긴 털보 아저씨가 고양이를 한번 쓰다듬고는 산만 한 몸을 천천히 일으켰다.

"가자."

"네?"

"조용한 곳에 가서 얘기하자고. 이런 데서 할 얘긴 아닌 것 같으니까."

또 다른 능력자의 등장

아저씨가 자연스럽게 앞장섰다. 나는 어리둥절했지만 고양이를 뒤로 하고 아저씨를 따라 걷기 시작했다. 공원을 나와 집 반대쪽을 향해 횡단보도를 건넜다. 큰 상가 빌딩 몇 개를 지나 골목으로 들어섰다. 그리곤 약간 경사진 길을 따라 얼마간 올라갔다. 잠시 후 아저씨가 멈춰 선 곳은 붉은 벽돌로 지어진 낮은 상가 건물 앞이었다.

"들어가자."

1층의 도어록 비밀번호를 누른 아저씨가 안으로 들어서며 말했다. 간판은 없었지만 가게로 쓰던 곳인 것 같았다. 어두운 밤이라 쥐 죽은 듯 조용한 골목길이 어쩐지 스산했다. 괜스레 오싹한 기분이 든 나는 눈을 크게 뜨고 가게 안쪽을 살폈지만, 골목의 가로등이 밝지 않아서 내부가 잘 보이진 않았다.

"안 들어오냐?"

안쪽에서 아저씨가 재촉하듯 말했다. 잔뜩 경계하며 인기척 없는 골목을 살피던 나는 순간 생각했다. 설마 오늘이 내디데이인 건 아니겠지?

"가요."

빈주먹을 꽉 쥔 나는 까마득한 어둠 속으로 걸어 들어갔다.

"쾅!"

등 뒤에서 문 닫히는 소리가 유난히 크게 들렸다. 시야에 아무것도 들어오지 않아 잠시 그 자리에 엉거주춤 멈춰 서야 했다. 깊은 어둠 속으로 빨려 들어가는 것만 같은 기분에 불안하고 답답해지는 그때, 탁 불 켜는 소리가 났다. 그와 동시에 눈앞이 밝아지는가 싶더니⋯⋯ 거대하고 뿌연 무언가가 내 눈과 코와 입으로 스멀스멀 들어왔다. 흙먼지였다.

"캑캑!"

"아직 좀 그래. 공사 중이라."

손을 휘저으며 내가 인상을 팍 구기자, 아저씨가 머쓱한 얼굴로 서둘러 창문이란 창문은 다 열어젖히기 시작했다.

창문을 열자 자욱한 먼지에 가려져 있던 공간이 서서히 드러났다. 나는 천천히 사방을 둘러보았다. 서른 평 남짓한 실내를 작은 조명 하나가 밝히고 있었다. 고작 사물을 분간할 정도밖에 되지 않는 밝기였다. 불규칙적으로 놓인 커다란 테이블 몇 개와 의자들 위에는 정체 모를 잡다한 물건들이 아무렇게나 쌓여 있었는데, 흙먼지가 이 공간의 절반쯤은 점령하고 있는 느낌이었다.

"저기 앉아라."

창문을 연 털보 아저씨가 손가락으로 어딘가를 가리켰다. 아저씨가 가리키는 곳으로 고개를 돌리니, 생뚱맞게 캠핑 의자 하나가 가게 중앙에 놓여 있었다. 나는 말없이 걸어가 의자에 걸터앉았다. 다른 사람들이랑 말도 잘 안 섞고 피하거나 무시하기만 했던 내가, 처음 보는 사람을 내 발로 따라온 것도 모자라 이런 낯선 곳에 앉아 말 잘 듣는 아이처럼 굴고 있다니. 지금 이 모든 상황이 생경하게 느껴졌다.

"근데 뭐하는 곳이에요, 여긴?"

"카페."

털보 아저씨의 무심한 대답에 나는 인상을 찡그렸다. 여기가 카페라니. 내가 알던 카페 느낌이 전혀 아닌데. 요즘 유행한다는 빈티지 콘셉트…… 뭐 그런 건가? 그렇다고 해도 이건 너무 허름하잖아. 공사 끝나면 좀 달라지려나?

"좀 어둡지? 아직 조명을 다 못 달아서."

"아, 네."

"머신도 거의 안 들어와서 제대로 된 건 못 만들어 주고, 대신 핫초코 타 줄 테니 조금만 기다려라."

털보 아저씨가 내 무릎 위로 노란색 담요를 툭 던져 주더니, 카운터로 보이는 곳으로 돌아가서 전기 포트에 물을 넣고 끓이기 시작했다. 보글보글. 천천히 물이 뜨거워지는 소리가 났다. 그사이, 나는 아저씨가 준 담요를 덮고 잠시 숨을 돌렸다. 쿰쿰하고 눅눅한 먼지 냄새가 코끝을 잔잔하게 맴돌았다.

캠핑 의자에 앉아서일까. 불현듯 웃기게도, 캠핑장에 온 기분이 들었다. 공사장으로 캠핑 나온 듯한 별난 기분이었다. 나는 담요를 꼼지락거리며 만지면서 어릴 적 엄마 아빠와 셋이 떠났던 캠핑의 기억을 떠올려 보았다. 그러자 먼지 냄새 대신 모닥불에 타닥타닥 구워진 맛있는 고기 냄새와 청량한 가을 냄새가 한껏 풍겨오는 듯했다. 공기 중에 떠다니는 흙먼지는 어느새 캠핑장 밤하늘에 알알이 박힌 별이 되어 황홀하게 반짝였다.

잠시 후 달달한 핫초코 냄새가 훅 끼치면서 현실로 돌아왔다. 털보 아저씨가 한 손에는 종이컵 두 개를 얹은 쟁반을, 다른 손에는 접이식 의자를 들고 다가왔다.

"마셔라."

"감사합니다."

나는 김이 모락모락 나는 핫초코를 받아들었다. 핫초코를 한 모금 홀짝이는 사이, 털보 아저씨가 내 앞에 의자를 펴고 앉았다. 아저씨 컵에서는 봉지 커피 향이 났다.

"넌 언제부터였냐?"

"네?"

말귀를 못 알아듣는 내게 아저씨가 다시 물었다.

"숫자가 보이기 시작한 게 언제부터냐고."

"옛날에…… 엄마 아빠가 사고로 돌아가신 날부터요."

이제껏 그 누구한테도 말한 적 없었던 이야기를 천천히 털어놓았다. 내 삶을 완전히 바꿔 놓은 여덟 살 그날부터 시작된 기이한 일들. 엄마 아빠와 할머니, 동우, 그리고 하트 고양이 이야기까지. 죽음의 디데이를 보는 능력을 얻은 후에 어떤 삶을, 어떤 생각을 하면서 살아왔는지 차근차근 이야기했다. 아무도 믿어 주지 않을 이야기였고, 갑작스런 부모님의 사고로 정신에 이상이 생겼다고 판단할 만한 이야기였으며, 어린 학생의 망상이라고 코웃음 칠 만한 이야기였다. 그런 나의 거짓말 같은 이야기를 아저씨는 고개를 끄덕이며 더없이 진중한 얼굴로 들어주었다.

"…… 그랬구나."

"아저씨는요? 디데이가 언제부터 보인 거예요?"

"나도 너랑 비슷해."

털보 아저씨가 시선을 허공에 둔 채 커피를 한 모금 마셨다. 덥수룩한 수염에 커피가 묻는 건 아닐까 신경이 쓰였다. 그렇게 잠깐의 침묵이 흐른 뒤, 아저씨는 한숨과 함께 자신의 묵은 이야기를 꺼냈다.

"결혼하고 5년 만에 아이가 생겼어. 아내가 두 줄 그어진 임신 테스트기를 들고 어찌나 방방 뛰던지.”

아저씨의 얼굴에 씁쓸한 미소가 희미하게 어렸다가 사라졌다.

“임신 기간 동안 생각보다 산부인과를 자주 가더라고. 아내 혼자 병원 다니면서 출산 준비도 했어. 나는 그때 회사 일이 많아서 매일 새벽까지 야근했었거든. 나중에 만삭이 다 되니까 혼자 움직이기가 힘들었는지 그제야 나한테 부탁을 하더라. 병원 검진 좀 같이 가 달라고. 회사에 사정사정해서 겨우 연차 내고 같이 병원에 갔지. 갔는데, 병원 바로 옆 건물이 공사 중이더라고. 신경은 좀 쓰였지만 대수롭지 않게 넘겼어. 이것저것 검사 마치고 병원을 나오는데, 하필이면 그때…… 옆 건물에서 쇠파이프가 떨어졌다. 아내 위로.”

아저씨가 외마디 소리를 내기도 전에, 바닥에 쓰러진 아내 위로 은빛 도는 쇠파이프가 하나 더 떨어졌다고 한다. 처음 쓰러졌을 때 아내의 몸은 꿈틀거리고 있었으나, 두 번째 쇠파이프에 맞자 미세한 떨림조차 영원히 멈추고 말았다고. 그렇게 덧붙이면서 아저씨는 힘없이 고개를 떨어뜨렸다.

기억에는 없지만 할머니 말씀으로는, 여덟 살 때 엄마 아빠의 사고 소식과 사망 소식을 전해 들은 내가 그 자리에서 정신을 잃고 쓰러졌단다. 듣기만 해도 견디기 힘든데 바로

또 다른 능력자의 등장

눈앞에서 사고를 목격한 아저씨의 심정은 오죽했을까. 그 충격의 무게를 나는 감히 헤아릴 수도, 상상할 수도 없었다.

"많이 힘드셨겠어요."

무슨 말을 해야 하나 단어를 고르다 조심스럽게 말을 뱉었다. 그러자 아저씨가 후, 하고 짧은 한숨을 쉬고는 피식 웃었다. 한동안 초점 없이 허공을 더듬던 아저씨의 눈동자가 현실로 돌아온 듯 다시 생기를 띠었다.

"하루하루가 지옥이었지. 지금은 그럭저럭 괜찮아졌다. 생각해 보면 우린 언제나 죽음을 곁에 두고 살지 않냐. 꽃도, 벌레도, 개도, 고양이도. 사람이라고 뭐 다를까."

체념 혹은 달관에 이른 담담한 말투로 생각을 읊조린 털보 아저씨가 빈 종이컵을 바닥에 내려놓았다. 그리곤 팔짱을 끼고 의자에 등을 기댔다. 아저씨의 모든 말과 행동은 마치 숨을 쉬듯 자연스럽고 평온해 보였다.

죽을 만큼 힘들었던 기억도 아저씨의 인생을 통째로 잡아먹지는 못했나 보다. 산 사람은 어떻게든 살아가게 되는 것일까. 열 번을 울고 스무 번을 절망해도, 트라우마에 갇혀 허우적거리다가도 살다 보면 웃는 날이 오는 걸까. 나도 아저씨처럼 너글너글하고 편안해 보이는 날이 올까. 나의 공간에 손님을 초대해 달콤한 핫초코를 대접하는 여유가 내게도 생길 수 있을까. 인생은 원래 별것 없는 것들로 살아지는 거라던 할머니의 말씀이 문득 떠올랐다.

"근데 신기하지 않냐?"

아저씨의 뜬금없는 질문에 나는 눈만 껌벅였다.

"우리가 이런 능력을 갖게 된 것 말이다."

"네, 뭐……."

"난 말이야, 살면서 겪는 모든 일에는 다 이유가 있다고 생각했다."

모든 일에 이유가 있다……. 엄마 아빠가 죽은 이유는 음주 사고 때문이었다. 그러면 나는? 난 대체 왜 그토록 어린 나이에 사랑하는 가족을 잃어야만 했던 거지?

"……."

침묵하는 나를 향해 털보 아저씨가 덧붙였다.

"나는 아내가 죽은 이유를 처음엔 나한테서 찾았다. 모든 게 내 탓 같았거든. 그러다 나중엔 화살이 수시로 방향을 바꾸더구나. 공사 중이던 건설사로, 사회로, 세상으로, 신으로. 그렇게 내 나름대로 죽음의 이유를 찾는 데까지 오랜 시간이 걸렸다."

가만히 종이컵을 만지작거리던 나는 자석에 이끌리듯 고개를 들었다.

"그래서 찾았어요?"

"이유 같은 건 없다는 게 내 결론이었다."

"네?"

나는 황당한 얼굴로 눈썹을 찡그렸다. 아저씨가 그런 나를 물끄러미 보다가 물었다.

"넌 왜 사냐?"

어이없는 질문이었다. 나는 눈썹을 찡그린 채로 정리되지 않은 말을 뇌까렸다.

"그야…… 살아 있으니까요."

"거 봐. 대단한 이유 없다니까. 삶에 이유 없는데 죽음엔 이유 있겠냐?"

"……"

이야기가 이렇게 흘러간다니. 어쩐지 순순히 인정하기 싫었지만 막상 반박할 말도 없어서 나는 아랫입술을 지그시 깨물었다. 털보 아저씨는 대답을 재촉하는 대신 느긋하게 기다려 주었다. 아저씨와 나 사이에 흐르는 짧은 침묵이 이상하게도 전혀 어색하게 느껴지지 않았다. 잠시 후, 아저씨가 팔짱 낀 손을 풀더니 다리를 꼬고 앉았다. 그리곤 사뭇 진지한 투로 말을 이었다.

"삶이나 죽음 같은 건 인간이 이해하기엔 너무 심오하고 어려운 문제잖니. 깊게 생각하면 할수록 수렁에 빠지는 기분이 들어서 관뒀다. 그때 나는 모든 상황이 극도로 혼란스러웠거든. 아내의 죽음도, 내게 기이한 능력이 생긴 것도."

털보 아저씨가 하는 말의 의미를 너무 잘 알 것 같아서 나는 절로 고개가 끄덕여졌다. 누군가와 정서적 일체감을 나누며 대화에 이토록 몰입해 본 게 언제인지 기억도 나지 않았다. 내가 공감하는 얼굴로 눈을 반짝이자, 아저씨는 본격적으로 자신의 이야기를 풀어갔다.

아내를 보낸 뒤, 아저씨는 자신을 심판대에 올려놓고 스스로를 집착적으로 단죄하기 시작했다. 해 줄 수 있을 때 더 해줄걸. 더 배려하고 더 이해하고 더 따뜻하게 안아 줄걸. 한겨울에 입덧 때문에 자주 자두가 먹고 싶다던 아내에게 퇴근길에 산 자두를 더 상냥한 얼굴로 건네줬다면…… 마지막이 되어 버린 그날, 같이 병원에 가니 좋다며 신나서 조잘대는 그 얼굴 한 번 더 사랑스러운 눈길로 바라봐 줬다면…… 좀 돌아가는 길이라도 공사 현장을 피해 걸어갔다면…… 그렇게 때늦은 자책이 꼬리에 꼬리를 물고 이어졌다. 결혼 후 아내를 위하지 못했던 모든 순간이 후회로 남았다. 좋았던 기억들마저 짙은 후회로 얼룩지는 것 같았다.

아내의 죽음에 매몰되어 아무것도 할 수 없는 시간이 이어

또 다른 능력자의 등장

지던 중, 아저씨는 사람들을 만날 때마다 눈에 보이는 죽음의 디데이가 신경 쓰이기 시작했다. 아내의 죽음과 함께 찾아온 불가사의한 능력. 자신에게 왜 그런 능력이 생겼는지 이유를 찾는 데 집중하다 보니, 집요했던 자책의 굴레에서 조금씩 벗어날 수 있었다. 온몸을 잠식하던 슬픔과 괴로움이 시나브로 무뎌지는 것도 같았다.

아저씨는 능력이 생긴 이유를 나처럼 가족의 죽음에서 찾았다. 삶 전체를 뒤흔들 만큼 강렬한 충격과 공포, 그로 인한 감정의 비정상적인 과잉이 현실과 비현실의 경계를 뚫고 초자연적 세계로 닿은 것은 아닐까 하고.

갑자기 능력이 생긴 데에는 그만한 이유가 있을 거라고 판단한 아저씨가 처음으로 한 일은, 디데이가 며칠 안 남은 지인들의 죽음을 막는 것이었다. 하지만 나처럼 아저씨도 결국 그들의 죽음을 막아 내지 못했다. 사람들의 죽을 날을 보게 된 이유가 그들의 죽음을 막기 위한 게 아니었다는 사실이, 초능력을 얻고도 인간의 죽음에는 조금도 관여할 수 없다는 사실이 또 한 번 아저씨를 좌절시켰다.

온몸을 잠식하는 무력감은 생각보다 오래 지속되었다. 위태롭게 깜빡이던 배터리가 방전된 것처럼 삶의 의욕을 잃어버린 아저씨는 다니던 회사도 관두고 한동안 폐인처럼 살았

65

다. 사람들과의 교류 없이 하루하루를 술로 보내면서 언제 죽어도 이상하지 않을 만큼 자신을 돌보지 않았다.

그 이야기를 들으면서 나는 내심 놀랐다. 아저씨가 느꼈던 감정들이 예전에 내가 느꼈던 것들과 거울처럼 닮아 있어서. 그러면서도 나와 닮은 듯 다른 아저씨의 삶이 문득 안쓰럽게 느껴졌다.

"그러다 기왕 이렇게 된 거, 초능력으로 돈이나 왕창 벌어 볼까 생각했지."

그때가 생각나는지 털보 아저씨가 말하다가 피식 웃었다.

회사를 관둔 뒤로 차츰차츰 덮쳐 오는 생활고에 불안을 느끼기 시작한 아저씨는 생각이 하나에 닿았다. 자신의 능력을 팔아 돈을 버는 것. 사람들에게 죽을 날을 알려 주고 돈을 받자는 심산이었다. 그리하여 대출을 받아 동네에 작은 가게를 차려 일반 점집처럼 꾸몄다. '신 내린 무당'이라는 가면을 쓰고 사람들의 죽을 날을 미리 알려 주었다.

아저씨를 찾아온 사람들, 그들이 궁금해 하는 가족이나 친구, 애완동물들이 정확히 아저씨가 예언한 날에 죽음을 맞자 별다른 홍보 없이 입소문만으로 가게는 문전성시를 이뤘다. 나중에는 가게에 방송국 PD라는 사람도 찾아와 아저씨에게 방송 출연을 제안했다. 유명인이 되어 많은 돈을 버는 것은 시간문제로 보였다.

"근데, 아저씨가 언제 죽을 거라고 하면 사람들이 믿어요?"

궁금증이 생긴 내가 중간에 끼어들어 물었다. 털보 아저씨가 웃으며 고개를 가로저었다.

"당연히 다는 아니지. 믿는 사람 반, 안 믿는 사람 반이었다. 그 날짜에 맞춰서 내가 직접 자기를 죽이는 거 아니냐고 의심하는 사람들도 있었고."

"아…… 그럴 만도 하네요."

"사람들이 죽음을 두려워하는 가장 큰 이유가 언제 죽을지를 모르기 때문인데, 갑자기 생판 모르는 남자가 이때 죽을 거라고 말해 주는 게 곧이곧대로 믿어질 리가 있나."

"그건 그렇죠. 사이비 교주쯤으로 생각했을걸요."

"푸하핫!"

내 비유가 마음에 들었는지 털보 아저씨가 고개를 젖히며 호탕하게 웃음을 터트렸다. 아저씨가 웃을 때마다 무성한 수염이 바람에 흔들리는 나뭇잎처럼 나풀거렸다.

"아무튼 내가 바라던 대로 돈방석 위에 앉을 일만 남았었지. 그런데, 쿨럭."

숨 쉴 때 먼지가 들어갔는지 아저씨가 잠깐 기침을 하더니 말을 이었다.

"그냥 관두기로 했다."

"뭘요?"

"사람들 목숨 가지고 돈 버는 일 말이다. 계속 하다가는 천벌 받을 것 같다는 강한 확신이 들더라고. 매일 죽음에 대해서만 얘기하다 보니 감정 소모도 엄청났고."

"아……."

"아내를 떠나보내고 얻은 능력인데, 그걸로 사람을 살리지는 못할망정 내 밥벌이로 이용하는 게 맞나 싶더라고."

"……."

"결국 나는 삶의 이유도, 죽음의 이유도 찾지 못했어. 왜 아내는 가고 나는 남아야 했는지, 왜 죽음을 보는 능력이 나에게 생긴 건지 말이다. 그 이유는 앞으로도 계속 못 찾을 것 같다만…… 어쨌든 난 살아남았고, 그러니 살아야만 하잖냐. 그렇다면 이유는 못 찾아도 살아가는 의미는 찾아야 되겠더라고. 사람은 모두 자기 삶에서 나름대로 의미를 추구하면서 살아가는 거니까."

털보 아저씨 말에 수긍이 가면서도 나는 왠지 마음이 썩 개운치만은 않았다. 나에게 의미 있던 모든 것들이 내 곁을 떠나갔는데 그럼 이제 어떤 의미를 찾으면서 살아가야 하는 걸까…… 마음속에 허기 같은 공허함이 스며들었다.

"나도 언젠간 죽을 텐데, 아무것도 안 하고 아무것도 아닌 존재로 살다가 사라지는 건 좀 무섭더라고. 그냥 죽기엔 내가 가진 초능력이 아깝기도 했고. 그래서 이 능력을 한번 사람들을 위해 써 보자는 쪽으로 생각이 기울었지."

"사람들을 위해 어떻게요?"

정말 궁금했다. 언제 죽을지 알아도 죽음은 막을 수 없다는 걸 아저씨도 잘 알 텐데, 우리가 할 수 있는 건 기껏해야 죽을 날을 미리 알려 주고 삶을 정리할 시간을 주는 일밖엔 없을 텐데 사람들을 위해 능력을 어떻게 쓴다는 걸까.

"수명이 단축된 사람들을 살리는 거지."

털보 아저씨의 덤덤한 목소리가 순간 번개처럼 찌릿하게 나의 온몸을 뚫고 지나갔다.

"네? 수명이 단축됐다니 대체 그게 무슨……"

"너, 진짜 몰랐구나?"

털보 아저씨가 의외라는 듯 고개를 갸웃거렸다.

"인간은 수명이 정해져 있잖아. 근데 정해진 수명이 갑자기 줄어드는 경우가 종종 있더라고."

"죽음의 디데이가 바뀔 수 있다고요?"

"맞아, 아직 죽을 때가 안 됐는데 죽게 되는 거지."

"왜요?"

"음……. 내가 경험한 바로는 사람 때문인 것 같아. 한 사람이 다른 사람의 운명을 거스르는 행동을 취하는 거지. 예를 들면 충동적인 살인이나 한순간의 실수로 인한 사고 같은 것 말이다. 비자연적이고 비정상적인 일이 갑자기 벌어지면 한 사람의 수명이 단축되기도 하더라고."

"갑자기 죽는데 아저씨는 수명 단축된 걸 어떻게 알아요?"

"정해진 디데이보다 일찍 죽은 사람도 있었고, 수명이 줄어든 게 눈에 보이는 사람도 있었어. 갑자기 죽음을 맞게 되더라도 우리 같은 능력을 가진 사람들의 눈에 띄라고 며칠 여유가 주어지는 걸지도. 수명이 갑자기 줄어들면 대체로 10일 미만의 디데이가 뜨더라고."

"……!"

"아까 너랑 공원에 있던 고양이도 자주 보던 놈인데, 며칠 전에 보니까 갑자기 디데이가 확 줄어들었더라고. 오늘이 디데이라 가 봤더니 웬 고등학생들이 낄낄대면서 그 고양이한테 뭘 먹이려는 거야. 지금 뭐하냐고 물어보니까 그 놈들 잽싸게 도망가더라. 참치 캔에 무슨 약을 섞어서 주려고 했었나 봐. 천벌 받을 놈들."

또 다른 능력자의 등장

"아……!"

나도 모르게 짧은 탄식이 새어나왔다. 그랬다. 하트 고양이의 디데이가 늘어난 건 내 착각이 아니었다. 털보 아저씨가 개입해서 살린 거라니. 한 번도 느껴 본 적 없는 충격이 심장을 파고들더니 내 머릿속을 마구 뒤흔들었다.

"그렇게 수명이 단축된 사람이나 동물이 눈에 띄면 도우면서 살고 있다. 정해진 수명대로 살다 갈 수 있도록 바뀐 디데이에 내가 찾아가서 우발적 사고를 막는 거지."

"…… 수 있는 거였네요."

"뭐라고?"

"내 친구…… 살릴 수 있는 거였다고요."

머릿속에서 날뛰던 말들이 혼잣말처럼 주르르 흘러나왔다. 혼란스러웠다. 인간은 절대 죽음에 개입할 수 없다고 생각했는데, 동우도 내가 살릴 수 없었던 거라고 힘겹게 단정 지으며 스스로를 위로했는데, 그게 아니었다니!

종이컵을 쥔 손이 나의 의지와 상관없이 덜덜 떨려오기 시작했다. 털보 아저씨가 내 손을 물끄러미 보더니 종이컵을 내게서 거둬갔다.

"동우도 사람한테 당한 거였어요……."

동우 이름을 입 밖으로 내는 순간 동우의 웃는 얼굴이 둥실 떠올랐다. 뒤늦은 후회와 자책감이 밀물처럼 밀려들면서 심장이 터질 듯 뛰기 시작하더니 눈가에 뜨거운 것이 치밀어 올랐다. 고장 난 수도꼭지처럼 당장이라도 울음이 터질 것 같아, 나는 손바닥으로 거칠게 눈을 비볐다.

"네 잘못이 아니다."

털보 아저씨가 애정 어린 눈빛으로 나를 보며 말했다.

"숫자가 줄어든 걸 네가 확실하게 본 게 아니라면 그 아이는 수명이 줄어든 게 아니라 정해진 운명대로 죽음을 맞이한 게 맞을 거다. 설령 그게 아니라 해도 너는 최선을 다했잖냐."

지금은 아저씨의 위로가 귀에 들어오지 않았다. '동우를 살리기 위해 내가 진짜 최선을 다했었던가?' 스스로에게 의심이 들었다. 수많은 생각들이 무차별적으로 마음을 공격해 왔다. 숨이 콱 막히고 가슴에 구멍이 뚫리는 것 같더니 툭, 눈물방울이 떨어졌다. 결국 나는 처음 보는 아저씨 앞에서 완전히 무너져 내렸다. 한참 동안 머리카락을 쥐어뜯어가며 참았던 눈물을 쏟아 냈다. 아저씨는 어디선가 휴지를 가져와 내게 건네주고는 조용히 내 옆을 지켜 주었다.

얼마나 지났을까. 치솟았던 감정이 차츰 잦아들고 문득 낯선 아저씨 앞에서 눈물을 보였다는 게 부끄러워지려는데, 털

　　　　　　　　또 다른 능력자의 등장

보 아저씨가 입을 열었다.

"실컷 우니까 좀 시원하냐?"

"네, 뭐……."

나는 휴지로 코를 팽 풀고 멋쩍게 대답했다.

"너무 혼자 애쓰지는 마라. 인생은 어차피 외길이라지만 벌써부터 혼자에 익숙해질 필요는 없다. 이제 힘들면 무작정 견디지 말고 나한테 말해라. 언제든 들어줄 테니까. 비슷한 사람끼리 의지하면서 살아보자."

"……."

"아빠처럼 생각하라느니, 가족이 돼 주겠다느니 하는 그런 오글거리는 말은 성격상 못 해 주겠고, 우리 그냥 친구하자. 같은 능력을 지닌 동지. 어떠냐?"

스스로 떠올린 단어가 마음에 드는지, 아저씨의 두 눈이 별안간 반짝거렸다. 담백한 투로 친구를 제안하는 아저씨의 말에 카페 공기가 한결 가벼워지는 듯했다. 나는 눈물범벅된 얼굴로 아저씨를 향해 고개를 끄덕였다.

친구. 아주 오랜만에 마음에 새겨보는 단어였다. 마음이 괜히 말랑해지는 걸 들키기 싫어서 나는 화제를 돌려 물었다.

"그, 수명 단축된 사람들 돕는 거요. 이 카페랑 연관이 있는 거예요?"

"카페? 아니, 이건 내가 하고 싶어서 하는 건데."

털보 아저씨가 카페 안을 휙 둘러보면서 말했다.

"회사도 관뒀고 먹여 살릴 가족도 없으니 예전부터 해 보고 싶었던 일에 도전하는 거다. 작년에 내내 공부해서 바리스타 자격증도 따 놨고."

시원시원한 말투로 창업의 계기를 들려주던 아저씨는 문득 진지하게 덧붙였다.

"눈앞에서 가족이 죽어도, 살아 있는 이상 어떻게든 움직여야만 살아지는 게 인생이더라고. 밥도 먹고, 할 일도 하면서."

"……."

"살아 있으니까. 아무리 힘들어도 적어도 죽지는 않으니까."

살아 있는 이상 아무리 힘들어도 죽지는 않는다……. 이제껏 들어본 말 중에 가장 역설적인 말이었다. 털보 아저씨의 말을 가만히 곱씹고 있는데, 난데없이 아저씨가 물었다.

"커피 좋아하냐?"

"적당히요."

"빵은? 좋아하냐?"

"있으면 먹어요."

"자주 놀러 와라. 지금은 카페가 이 모양이지만 공사 끝나면 제법 봐줄 만할 거다. 여자 친구 데려오면 서비스도 주마. 하핫!"

뭐가 웃긴지 아저씨는 혼자 말하고 혼자 터졌다. 그런 아저씨의 얼굴을 나는 잠시 바라봤다. 아저씨의 얼굴에는 카페에 대한 애정과 삶을 향한 옹골찬 의지가 짙게 깃들어 있었다. 수더분한 용모였지만 눈빛만큼은 누구보다 총명하게 빛나고 있었다. 아저씨와 나는 비슷한 궤도를 그리며 살아왔지만, 아저씨는 나보다 훨씬 더 건강하고 현명한 마음가짐으로 삶을 살아내는 것 같았다. 힘겨운 시간을 이겨낸 아저씨에게 나는 은밀한 경외감이 들었다.

"그럴게요."

나는 조금 더 단단해진 기분을 느끼며 카페를 나섰다. 털보 아저씨는 우람하고 퉁퉁한 팔을 휘휘 흔들어 내게 인사했다. 산적이나 조폭 같던 아저씨의 모습이 이제는, 해리포터에 나오는 친숙한 해그리드 아저씨와 더욱 닮아 보였다.

새콤달콤한 베이커리

"대주제는 죽음이고 소주제는 사형, 안락사, 자살이야. 구체적인 논제는…… 여기."

사회 선생님이 파워포인트 화면을 가리켰다. 화면 안에는 '사형제도를 폐지해야 한다', '적극적 안락사를 허용해야 한다', '개인의 자살할 권리를 인정해야 한다'라는 세 가지 토론 주제가 적혀 있었다.

"조별로 주제 한 가지씩 정해서 대립 토론하고, 토론 내용은 보고서로 정리해서 이달 28일까지 제출하면 돼. 참고 문헌은 빠짐없이 각주로 다는 거 잊지 말고. 네 명씩 한 조로 묶을 거고, 조는 제비뽑기로 정할 거야. 조 변경은 안 된다. 참

여도도 평가할 거니까 무임승차할 생각 말고."

선생님의 말씀이 끝나고 제비뽑기 통이 교탁 위에 올려졌다. 분단 순서대로 앞에 나가서 조 번호가 적힌 종이를 뽑았다. 아이들이 움직이면서 교실은 금세 소란스러워졌다.

"자, 조용!"

잠시 후, 떠들어 대는 아이들을 선생님이 조용히 시켰다. 그리고 제비뽑기의 결과를 차례대로 불러 주기 시작했다.

"…… 3조는 이소현, 박은진, 소미소, 류담."

최악의 조 구성이 아닐 수 없었다. 3조의 이름을 듣는 순간 제비뽑기 종이를 찢고 싶은 충동이 일었다. 차라리 모르는 애들이랑 조가 되는 게 나았을 텐데. 나를 대놓고 싫어하는 이소현부터 이소현의 절친 박은진, 그리고 은인이라고 부르면서 자꾸 부담스럽게 구는 소미소와 같은 조라니. 앞날이 캄캄했다.

하지만 내가 좋든 싫든 간에 조별 과제는 해야 했다. 남은 수업 시간 동안 조별로 앉아 조장을 뽑고, 논제를 정했다. 자신감 넘치고 리더 역할에 익숙한 소미소가 자연스럽게 우리 조의 조장이 되었다. 짧은 의논 끝에 토론 주제는 '개인의 자살할 권리를 인정해야 한다'로 정해졌다.

"오늘 학교 끝나고 도서관에서 잠깐 모이는 거 어때? 회의

하면서 찬반 입장이랑, 역할이랑, 언제 모일지 정하자.”

이것저것 주도적으로 제안하는 소미소의 말에 다들 그렇게 하자고 했다.

수업이 끝나고 나는 의욕 없이 터벅터벅 학교 도서관으로 향했다. 도서관 문을 열고 들어가니, 이소현과 박은진과 소미소가 벌써 자리를 잡고 앉아 떠들고 있었다. 나를 보자마자 노골적인 적대감을 드러내며 입을 다무는 이소현과, 그 옆에서 은근히 표정이 굳어지는 박은진이 눈에 들어왔다.

“여기!”

이소현과 박은진 맞은편에 앉은 소미소가 나를 향해 반갑게 손짓했다. 나는 말없이 걸어가 비어 있는 소미소 옆자리에 털썩 앉았다. 그리고 가급적 누구와도 눈을 맞추지 않으려 시선을 내리깔았다.

“그럼 일단, 언제 어디서 만날지부터 정해 볼까?”

가방에서 노트와 펜을 꺼내 든 소미소가 본격적으로 회의를 주도하기 시작했다.

“이번 주에 자료 조사하고, 다음 주에 만나서 토론할까?”

박은진의 제안에 다들 고개를 끄덕였다. 한 주 동안 각자 자료를 조사하고, 다음 주에 두 번 모여서 같이 토론하고, 그 다음 주에 마지막으로 모여서 보고서를 작성하기로 계획을 세웠다. 평일에는 학원 수업이 많으니 되도록 주말에 모였으면 좋겠다는 박은진의 말에, 토요일과 일요일에 모임을 갖기로 했다.

"주말엔 학교 앞 카페에서 모이자!"

"그랭!"

"좋아."

적극적으로 말이 오가는 가운데 나는 조용히 고개를 주억거리며 동의를 표했다.

"드림 카페 어때? 거기 빵 엄청 맛있는데."

소미소가 펜을 살살 굴리며 장소를 제안했다. 뜬금없이 무슨 빵 이야기를 하나 싶었지만, 이소현이 자연스럽게 되받아치며 대화를 이어갔다.

"무슨 빵이 맛있는데?"

"음, 아몬드 크림 치아바타랑…… 소시지 페스츄리! 두 개가 시그니처 메뉴야."

메뉴를 추천하는 소미소 눈빛이 생기 넘치게 반짝거렸다.

"하여간, 누가 빵순이 아니랄까 봐."

이소현이 픽 웃자, 박은진도 따라 웃었다. 자기는 일 년 내내 빵만 먹고 살 수도 있다면서 소미소가 키득키득 웃었다.

"입장은 어떻게 나누게."

빨리 집에 가고 싶은 마음에 내가 말을 툭 던졌다. 빵 이야기로 빗나간 회의의 초점을 바로잡았을 뿐인데, 찬물을 끼얹은 듯 순간 정적이 흘렀다. 하이드로 돌변한 지킬 박사처럼 이소현이 싸늘하게 식은 얼굴로 나를 노려봤다.

　"아, 입장 정해야지! 은인은 뭐하고 싶어? 찬성? 반대?"

　"은인은 무슨."

　밝은 목소리로 소미소가 나를 또 '은인'이라 칭하자, 이소현이 못마땅한 얼굴로 혼잣말하듯 비아냥거렸다. 그런데 못 들은 건지 못 들은 척하는 건지, 소미소는 아무렇지 않게 회의를 이어 갔다.

　"일단 각자 하고 싶은 거 말해 봐. 2 대 2로 안 나뉘면 가위바위보해서 정하자!"

　소미소의 말에 이소현의 혼잣말은 그대로 묻히고 말았다. 사실 이소현이 뭐라고 하든 나는 아무 타격도 받지 않지만, 그래도 이번엔 좀 쌤통이었다.

　"난 반대할래."

　"나도 반대!"

　"나도."

　박은진에 이어 소미소와 나까지 반대 입장을 선택하는 바람에 우리는 가위바위보로 입장을 나눠야 했다. 그 결과 이소현과 박은진이 찬성팀, 소미소와 내가 반대팀으로 묶였다.

"폰 줘 봐."

슬슬 갈 준비를 하려는데, 소미소가 내게 손바닥을 쓱 내밀었다. 내가 멀뚱히 쳐다보자 소미소가 쫙 핀 손바닥을 가볍게 흔들며 말했다.

"얼른."

"내 폰은 왜?"

"우리 서로 번호 모르잖아!"

"번호는 왜."

"우리 같은 팀이잖아. 자료 조사하고 공유해야지. 의견 겹치면 안 되니까."

소미소가 답답하다는 얼굴로 재촉했다. 숙제를 이유로 당당하게 번호를 요구하는 소미소에게 나는 잠시 망설이다가 핸드폰을 꺼내 내밀었다. 소미소가 내 핸드폰의 액정을 몇 번 두드리자, 책상 위에 있던 소미소 핸드폰에서 진동이 울렸다. 그제야 소미소는 만족스러운 얼굴로 내게 핸드폰을 돌려주었다.

"답장 제때제때 해야 돼."

동의를 구하듯 소미소가 나를 빤히 봤다. 나는 머뭇거리다 고개를 끄덕였다. 나를 보는 소미소의 동그란 눈이 반달로

휘어졌다. 괜히 어색해서 시선을 돌렸더니, 이번엔 이소현과 눈이 딱 마주쳤다. 이소현은 뭐가 마음에 안 드는지 경멸하는 눈초리로 입술을 비틀었다.

조 모임을 마치고 집에 오니 저녁 여섯 시였다. 샤워를 마친 나는 어깨에 수건을 두른 채로 싱크대 찬장을 열었다. 부스럭, 하고 손에 잡힌 건 마지막 라면이었다. 오늘도 라면. 사실 요리는 꽤 하는 편이지만 요리에서 손을 놓아 버린 지 좀 됐다. 할머니가 돌아가시고부터 혼자 간단히 차려먹는 데 익숙해진 터였다.

나는 익숙하게 라면을 끓인 뒤, 냉장고에서 김치를 꺼내 라면과 같이 먹었다. 며칠 전 라면이 지겨워 간만에 볶음밥을 배달시켰을 때 딸려 온 김치였다. 봉지 라면과 공장 김치를 가만히 입에 넣고 씹는데, 문득 내가 먹는 음식과 내 인생이 닮아 있다는 생각이 들었다. 때 이른 부모님과 친구의 죽음, 죽음의 디데이를 보는 능력까지. 자극적인 조미료로 가득하지만 정작 영양가는 없는 싸구려 인스턴트 인생.

대충 저녁을 때운 나는 컴퓨터 앞에 앉아 자료 조사를 시작했다. '자살'에 대한 기사와 의견을 검색해 가며 쓸 만한 자료를 찾는데, 개인이 자살하는 원인이나 문제점 같은 건 생각만큼 단순하지 않았다. 관련 자료도 방대해서 어디서부터 어떤 식으로 접근해야 할지 감이 안 잡혔다. 소미소한테 한 번 연락해 볼까, 생각했다가 관뒀다. 일단 할 수 있는 데까지 스스로 해 보자고 생각하며 나는 후, 짧게 숨을 내뱉었다. 그리고 느슨해진 정신을 다잡고 가능한 많은 자료를 찾는 데 몰두했다.

"으으……."

한참 자료 조사를 하다가, 모니터에 집중하느라 굽은 허리를 펴고 기지개를 쭉 켰다. 시계를 흘깃 보니 어느덧 아홉 시가 넘어 있었다. 오늘은 여기까지만 하기로 하고 즉시 컴퓨터 전원을 껐다. 그리고 떨어진 라면도 사고 산책도 할 겸 집을 나섰다.

편의점에서 라면을 종류별로 적당히 산 다음, 동네를 걸었다. 벚꽃이 진 자리에는 아크릴 물감을 칠한 듯 강렬한 자주색 철쭉들이 사방에 피어 있었다. 푸릇푸릇한 이파리들이 철쭉과 선명한 대비를 이루며 세상을 화사하게 장식하고 있었다. 알록달록한 길을 걸으며 신선한 바람을 쐬니 기분이 한결 상쾌해지는 것 같았다.

그렇게 생각 없이 걷다 보니, 나도 모르게 이곳에 와 있었다. 간판도 없는 털보 아저씨 카페 앞.

"......"

내가 대체 여기에 왜 온 건지, 털보 아저씨를 진짜 친구로 받아들이기라도 한 건지, 이유를 알 수 없어 순간 헛웃음이 나왔다. 그래도 이왕 온 거 인사라도 하자 싶어 카페 문을 슬며시 밀고 안으로 들어섰다.

카페 안은 여전히 어두웠고 여전히 많은 물건들이 질서 없이 쌓여 있었지만, 그래도 저번보다는 약간 정돈된 느낌이 났다. 아저씨 말대로 공사가 진행되고 있기는 한가 보다, 생각하며 카페 안을 빙 둘러보는 그때였다.

"어, 왔냐?"

털보 아저씨가 거대한 은색 기계 뒤에서 모습을 드러냈다. 그의 산만 한 몸을 감쪽같이 가릴 만큼 커다란 기계였다. 혼자 뭘 열심히 하고 있었는지, 아저씨의 얼굴이 붉게 달아올라 있었다.

"그건 뭐예요?"

"오븐. 빵 굽는 기계다."

아저씨가 손수건으로 이마의 땀을 슥슥 닦으며 말했다.

"밥은 먹었냐?"

"네."

"그럼 후식 어떠냐?"

"네?"

"지금 베이커리 메뉴 개발 중이거든. 잘 됐다. 시식 좀 해 줘 봐라."

"아······."

잠깐 인사만 하고 가려 했는데, 생각지도 못한 부탁으로 붙잡히니 좀 당황스러웠다.

"걱정 마라. 나, 보기보다 실력 좋거든."

곤란한 내 표정을 잘못 읽은 아저씨가 피식 웃으며 자기 자랑을 했다. 어딘가 자신만만한 아저씨의 말투에 나는 홀린 듯 고개를 주억거렸다. 어쩌다 보니 오늘도 이곳에 오래 머물게 생겼다.

앉아서 기다리라는 아저씨 말에, 나는 자연스럽게 캠핑 의자로 걸어가 앉았다. 군데군데 병아리가 수놓아진 노란 무릎담요를 살짝 덮고 핸드폰을 꺼냈다. 내가 핸드폰으로 조별 과제 자료 조사를 좀 더 이어가는 동안, 아저씨는 오븐과 냉장고를 부산스럽게 오가며 빵을 만들었다. 오븐에서 풍기는 달콤하고 향긋한 빵 냄새가 코끝을 내내 간질이며 없던 식욕을 자극했다.

얼마나 지났을까. 아저씨가 어디선가 접이식 테이블을 들고 오더니, 바닥에 어질러진 케이블 선들을 발로 대충 밀어

내고는 내 앞에 테이블을 폈다. 그리곤 다시 오븐 쪽으로 가서 양손에 접시를 들고 돌아왔다. 아저씨는 비장한 얼굴로 접시 두 개를 테이블 위에 올려놓았다.

"눈꽃 쇼콜라 페스츄리와 살구 라즈베리 타르트다. 한번 먹어 봐라."

흰색 접시에 각각 다른 빵이 담겨 있었다. 눈꽃처럼 희고 고운 가루가 잔뜩 뿌려진 초코빵, 색이 다른 과일잼과 과일이 봉긋하게 얹힌 위로 잎사귀 장식까지 올라간 둥근 빵이었다. 보는 것만으로도 흐뭇할 정도로 화려하고 예뻤다. 저렇게 거칠고 투박한 손으로 이토록 섬세한 모양을 냈다는 게 신기했다.

탐스러운 빵들을 보며 내심 감탄하고 있는데 아저씨가 우유 한 잔을 갖다주었다. 그리곤 내 앞에 서서 턱수염을 매만지면서 몹시 부담스러운 눈빛으로 나의 시식평을 기다렸다. 나는 눈꽃 쇼콜라 페스츄리부터 집어 들었다. 우유와 함께 천천히 빵을 음미했다. 겉은 바삭하고 속은 촉촉한 빵을 씹으면 씹을수록 눈이 절로 커졌다. 강렬한 카카오향이 입안 가득 퍼지면서 응축된 단맛이 폭발했다. 몸의 당도가 확 올라가는 느낌이었는데, 빵이 너무 달콤하고 자극적이어서 거부할 수 없는 맛이었다. 다음에는 타르트를 베어 물었다. 반

들반들 윤이 나는 과일잼이 적당히 새콤해서 달달한 초코빵과 조화를 잘 이루었다. 내가 빵을 좋아했었나 착각이 들 정도로 맛있었다.

"둘 다 엄청 맛있어요."

내가 할 수 있는 최고의 칭찬이었다.

"오케이. 둘 다 후보에 올려야겠군."

아저씨는 그제야 만족스러운 표정으로 의자를 끌고 와 내 앞에 앉았다.

"근데 간판은 왜 안 달아요?"

"이름을 아직 못 정했거든. 추천 좀 해 줘 봐라."

"네?"

순간 기가 막혀서 나는 빵을 우물거리던 입을 멈췄다. 이 아저씨가 진짜 카페 차릴 마음은 있는 걸까? 베이커리 메뉴 시식평도 모자라 카페 이름까지 나한테 맡기다니. 그날 공원에서 우연히 마주치지 않았다면 우린 지금 생판 모르는 사람일 텐데.

"그걸 왜 저한테……."

"우리 친구잖아."

"……."

미간을 찡그린 나를 보고 아저씨가 대수롭지 않게 덧붙였다.

"네가 '요즘 애들'이잖아. 그러니 추천 좀 해 줘 봐. 카페 분위기라든지, 내 특징 같은 걸 반영해서 지으면 더 좋고."

"흠…… 글쎄요."

카페 분위기를 고려하자니 공사장, 공장, 폐가 같은 단어들만 자꾸 연상됐다. 한 손에 빵을 든 채 나는 잠시 고민했다. 그러다 머릿속에 번쩍, 아이디어 하나가 떠올랐다.

"보스 카페는 어때요? 카페 보스도 좋고요."

"보스? 내가 아는 그 보스 말이냐?"

이번에는 아저씨 쪽이 당황했다.

"네. 아저씨 처음 봤을 때 조폭 두목 같았거든요."

나의 단어 선택이 너무 적나라하고 예의 없었던 걸까. 순간 짧은 정적이 흘렀다.

"저, 그게……."

"푸하하!"

얼른 사과부터 하려는데, 아저씨가 난데없이 웃음을 터트렸다. 기분 좋게 웃는 입을 따라 풍성한 수염이 씰룩씰룩 춤을 췄다.

"센스 있네. 고려해 보마."

나는 대답 대신 타르트를 한입 베어 물었다.

"그러고 보니 이름도 안 물어봤네. 너 이름이 뭐냐?"

"담이요, 류담. 외자예요."

"한번 들으면 잊기 힘든 이름이네. 멋지다."

"아저씨는요?"

"나는 마상두."

마상두. 털보 아저씨한테 퍽 어울리는 이름이라고 나는 생각했다. 우리의 대화는 베이커리 메뉴로 넘어갔다가 나중에는 취미나 관심사, 학교생활 따위로 옮겨갔다. 주로 아저씨가 질문하고 내가 대답하는 식이었다. 누군가와 앉아서 이렇게 수다를 떠는 건 할머니가 돌아가시고 처음 있는 일이었다. 지극히 소박하고 일상적인 화제들로 흘러가던 대화는 어느덧 우리의 공통분모, 즉 초능력 이야기로 넘어갔다.

"아저씨가 저번에 그랬잖아요. 어떤 사람의 수명이 갑자기 줄어든 경우에 아저씨가 도와줘서 원래 수명으로 되돌린다고요."

이번에는 내가 먼저 말을 꺼냈다.

"그랬지."

"그 사람들은 아저씨가 도와주는 거 이상하게 생각 안 해요?"

"죽을 뻔한 위험에서 구해 준 거니까 보통은 고마워하지."

"의심하는 사람은 한 명도 없었어요?"

"몇몇은. 의심 많은 성격이거나, 하루 종일 내가 따라다닌 사실을 이미 눈치 챈 사람인 경우엔."

"그럼 뭐라고 해요, 아저씨는?"

"뭐, 대충 둘러댈 때도 있고 사실대로 말해 줄 때도 있고."

"사실대로 말하면 그걸 믿어요?"

"신기 있는 무당처럼 말하니까 믿던데. 뭐, 눈에 보이지 않는 신도 믿는 게 사람들이니까."

무당처럼 죽음의 디데이를 설명하는 아저씨의 모습이 상상돼서 좀 웃겼지만, 듣고 보니 일리가 있는 것 같았다.

"자기 수명을 알면 그전과는 삶이 완전히 달라지겠어요."

어느 순간부터 나는 수다스러울 정도로 계속해서 말을 쏟아 내고 있었다. 평소와 다른 나의 모습이 문득 낯설게 느껴졌지만, 털보 아저씨는 아무렇지 않은 얼굴로 내 모든 질문에 차근차근 답을 해 줬다.

"물론 그렇기야 하겠지만……."

아저씨는 습관적으로 턱수염을 어루만지면서 말했다.

"사람들의 반응이 다 똑같지는 않았어. 어찌 보면 자기 수명대로 못 살고 갈 뻔했다가 삶이 연장된 거잖냐. 근데 감사하는 마음으로 새로운 삶을 충실히 살아가는 사람이 있는가 하면, 어차피 언제 죽을지 아니까 그때까지 마음껏 즐기다

새콤달콤한 베이커리

가겠다는 심산인지, 전보다 더 방탕하게 사는 사람도 있더라고."

"아……."

나는 어쩐지 두 마음 다 이해되는 것 같아서 딱히 뭐라 반응할 수가 없었다. 그래서 그냥 흘러가듯 또 궁금한 것을 물었다.

"근데 왜 하시는 거예요?"

나의 물음에 아저씨가 무슨 말이냐는 듯 한쪽 눈썹을 비죽 올렸다.

"왜 그런 귀찮은 일을 하시냐고요. 아저씨가 경찰도 아니고, 돈 되는 일도 아니잖아요."

"그래, 맞아. 의무도 아니고 대가도 없지만…… 난 그저 예상되는 사고를 막고 그 사람한테 기적의 손길을 한 번 더 내밀어 줄 뿐이다. 적어도 나는 할 수 있고, 내 눈엔 보이니까."

의외의 대답이 묵직하게 내 가슴을 때렸다. 삶의 이유나 정답보다는 의미를 찾으면서 살고 싶다던 아저씨의 말이 문득 떠올랐다. 나는 복잡한 듯 단순했으나, 이제 보니 털보 아저씨는 단순한 듯 복잡한 사람 같았다.

"띠링."

아저씨의 말을 천천히 곱씹고 있는데, 핸드폰 문자 알림이 울렸다. 소미소였다.

✉ 은인! 나 미소야 :) 혹시 자료 좀 찾아봤어?

  역시 조별 과제 이야기였다. 이번 과제는 성적에 들어갈 거라고 선생님이 거듭 강조했던 터라 소미소도 부지런히 자료 조사를 시작한 모양이다.

✉ 적당히.

✉ 아 진짜? 난 이제 시작하려구ㅎㅎ 자살의 원인이랑 문제점 / 개인의 자살할 권리를 인정할 경우 나타날 수 있는 부작용, 이 렇게 나눠서 조사할까?

✉ 그래.

✉ 앞부분 할래? 아님 뒷부분?

✉ 상관없어.

✉ 그럼 내가 앞부분을 할 테니까 네가 뒷부분 할래?

✉ 응.

✉ 바꾸고 싶으면 바꿔도 돼!

✉ 아냐.

"……."

답장을 보내고 나서도 핸드폰 화면을 계속 물끄러미 바라봤다. 그러자 털보 아저씨가 물었다.

"누구냐?"

나는 핸드폰을 테이블 위에 뒤집어 놓으며 대답했다.

"같은 반 애요. 조별 과제 때문에."

"여자 친구?"

"그런 거 아니에요."

"여자인 친구냐고, 인마. 정색하긴."

"아, 네. 여자예요."

괜히 머쓱해진 나는 시선을 피해 홀짝홀짝 우유를 마셨다.

"조별 과제만 같이하는 사이, 맞지?"

이번엔 아저씨가 장난기 가득한 눈으로 떠보듯 물었다. 뭔가 흥미로운 대답이 나오길 기다리는 얼굴을 하고서.

"그렇다니까요."

퉁명스럽게 말을 뱉어 놓고 무슨 생각에서였는지, 갑자기 소미소 이야기를 더 하고 싶은 충동이 들었다. 그래서 나는 아저씨를 대나무숲 삼아, 소미소가 내게 처음 말을 걸었던 일부터 횡단보도에서 소미소를 구했던 일까지 전부 털어놓았다.

"그때부터 걔가 자꾸 저를 은인이라고 부르면서 챙겨 주더라고요. 생명의 은인이라는데, 부담스러워 죽겠어요."

"오호, 그랬구먼. 생명의 은인 맞네 뭐."

"뭐 은인씩이나요. 거창해요."

"그 앤 그렇게 느꼈나 보지. 그건 그렇고, 넌 왜 그랬냐?"

"뭐가요?"

"왜 앞뒤 안 가리고 그렇게 불도저처럼 횡단보도로 뛰어들었냐고."

턱수염을 배배 꼬면서 묻는 아저씨의 두 눈이 드라마의 다음 장면을 기다리듯 반짝였다. 드라마처럼 남녀의 우연이 반복되다 결국 사랑이 싹트는, 그런 뻔한 이야기를 은근히 기대하는 눈치였다. 미안하지만 그런 서사가 진행될 만한 훈훈한 가능성 따위는 털끝만큼도 존재하지 않았다.

"몰라요, 저도 왜 그랬는지. 그냥 몸이 먼저 반응했어요."

나는 무미건조한 말투로 대답했다. 그러자 아저씨는 피식 웃더니, 의자에서 일어나 빈 접시를 치우면서 말했다.

"이미 좋아하고 있었는지도 모르지. 춘향이한테 첫눈에 반한 이몽룡처럼."

접시를 들고 싱크대로 향하는 아저씨의 등에 대고 나는 어이없다는 말투로 반문했다.

"예? 제가요?"

"원래 사랑은 맥락도 없고 개연성도 없는 거다."

털보 아저씨가 등을 돌린 채 설거지를 하면서 알 수 없는 말을 했다. 아저씨가 던진 돌에 느닷없이 내 마음속 물결이 출렁, 흔들렸다. 이상한 기분이었다. 나는 시간이 늦었다며 서둘러 자리에서 일어났다. 또 놀러오라면서 아저씨가 물이 뚝뚝 흐르는 손을 흔들어 주었다.

집에 돌아와 잘 준비를 마치고 누웠다. 소미소에게선 더 이상 답장이 오지 않았다. 당연한 일이었다. 내가 봐도 내 문자는 어지간히 성의 없었으니까. 근데 난 무얼 기다리는 거지? 다른 사람과 관심을 주고받지 않는 건 내게 숨 쉬는 것만큼 자연스러운 일이었는데. 조용한 핸드폰을 나도 모르게 자꾸 확인하게 됐다. 그러다 퍼뜩 이게 뭐하는 건가 싶어 약간 자괴감이 들었다.

나는 핸드폰을 충전기에 꽂고 이불을 덮었다. 그리고 크게 심호흡하며 쓸데없이 들어찬 잡생각들을 내보낸 뒤에, 곰 인형에 머리를 기대고 잠을 청했다.

레몬 휘낭시에

학교 정문에서 백 미터쯤 내려오면 떡볶이집과 과일가게 사이에 소미소가 말한 드림 카페가 있다. 작은 규모의 아기자기한 동네 카페였고, 새삼스레 혼자 올 일이 없어 오늘에야 처음 와 보는 곳이었다. 카페에 도착해서 문을 열자, 딸랑거리는 풍경 소리가 울렸다.

"은인! 여기!"

목소리를 따라 고개를 돌렸다. 나를 향해 손을 든 채 생글생글 웃는 소미소, 의자에 천천히 몸을 기대며 표정이 굳어지는 이소현, 이소현과 나를 번갈아 보면서 눈치를 살피는 박은진이 한꺼번에 눈에 들어왔다. 셋이 앉아 있는 자리로 나는 말없이 걸어갔다. 둥그런 테이블 위에는 빈 접시 몇 개와 빵가루가 흩어져 있었다. 소미소가 서둘러 일어나 테이블을 정리하면서 내게 말을 걸었다.

"우린 좀 일찍 만나서 수다 떨고 있었거든. 밥은? 먹었어?"

"아니."

"너도 빵 먹을래? 내가 살게!"

"아니."

나는 빠르게 대답하며 선을 그었다. 아저씨가 했던 농담이 공연히 신경 쓰였고, 또래랑 나누는 사적인 대화가 여전히 불편했다. 무엇보다 소미소랑 더 이야기했다가는 이소현의 눈에서 나오는 레이저가 곧 내 얼굴을 뚫을 것 같았다.

오늘도 소미소 옆자리만 비어 있었다. 나는 빈자리에 가방을 툭 던져 놓고 계산대로 향했다. 그런데 소미소가 각인된 새끼 오리처럼 내 뒤를 졸졸 쫓아오며 계속 말을 걸었다.

"여기 빵 맛있어! 나 믿고 한번 먹어 봐."

"별로."

"왜? 빵 안 좋아해?"

"……."

"그럼 마실 거 사줄까?"

더 이상 대꾸하지 않았다. 그러자 소미소가 뒤에서 내 팔꿈치를 살짝 잡았다. 작고 말랑한 촉감이 느껴졌다. 나는 우뚝 멈춰 서서 소미소를 물끄러미 봤다.

"고마워서 그래. 오늘만 사게 해 줘. 응?"

소미소가 나를 올려다보며 졸랐다. 어차피 차갑게 거절해 봤자 씨알도 안 먹힐 것 같았다. 뜨거운 여름 태양을 향해 얼음을 던지는 기분이랄까.

"아이스 아메리카노 마실게."

결국 항복의 표시로 계산대 앞에서 소미소에게 자리를 내주고 한발 비켜섰다.

"이제 토론해 볼까?"

잠시 후, 소미소가 내 자리에 커피를 놓곤 만족스러운 얼굴로 말했다. 우리는 각자 준비해 온 자료를 테이블 위에 꺼냈다.

"오늘은 리허설 형식으로 편하게 해 보자. 적는 건 다음에 하고."

조장 소미소가 리드하는 대로 찬성팀인 이소현과 박은진부터 이유와 근거를 들어 주장을 펼쳤다. 정식 토론 전이라 발표자 말에 의문이 들면 그때그때 손을 들어 질문하는 식으로 토론을 진행했다.

찬성측 입론이 모두 끝나고 반대측 차례가 되자, 소미소가 내게 먼저 하라는 눈짓을 보냈다. 내가 준비한 자료를 딱딱하게 읽어 내려가는 동안, 이소현과 박은진이 서로 귓속말을 하며 수상쩍은 암호 같은 걸 주고받는 게 보였다. 그러더니 둘은 내가 하는 말마다 무의미한 꼬투리를 잡으면서 대놓고 삐딱 노선을 탔다. 그로 인해 논쟁은 좀처럼 생산적으로 이어지지 못하고 흐름이 뚝뚝 끊겼다.

"그건 논점에서 벗어난 얘기 같은데? 억지로 지적할 필요는 없어, 소현아."

보다 못한 소미소가 끼어들어 중재했다. 이소현은 한풀 기세가 꺾여 입을 다물었지만, 나를 보는 눈빛은 여전히 공중에 화르르한 불꽃을 일으키고 있었다. 그러거나 말거나, 나는 자료를 계속 읽으며 덤덤히 발언을 마쳤다.

마지막은 소미소 차례였다. 마치 대본을 체화한 배우처럼 소미소는 자료를 거의 보지 않고 유창하게 자기 생각을 술술 말했다. 슬쩍 곁눈질로 보니, 소미소 자료에는 둥글고 반듯한 글씨로 적은 필기가 빼곡했다. 보기 드문 완벽주의에 감탄이 절로 나오는 그때였다. 소미소의 마지막 말이 내 귓속으로 선명하게 파고들었다.

"칸트가 말했어. 자살은 도덕적 삶을 영위할 의무를 스스로 위반하는 거라고. 자기 자신을 그 자체로 가치를 가진 존재로 바라보지 않고, 단지 고통을 피하고 편안해지기 위한 수단으로 바라보는 거라고. 내 생각도 비슷해. 우리는 살아 있어야만 자신의 존재 가치를 확인하고 증명할 수 있다고 봐. 살아 있어야 고난을 겪고, 극복하고, 배우고, 기쁨도 맛볼 수 있으니까. 아무리 길고 어두운 터널이라도 그 끝에는 빛이 비추는 법인데, 스스로 목숨을 끊는 건 터널 속에서 중도 포기하고 영원히 어둠 속에 갇히는 일이라고 생각해. 그러니까 국가는 개인의 자살할 권리를 인정함으로써 국민을 영원한 어둠으로 내몰 수는 없는 거야."

사뭇 진지한 얼굴로 발언을 마치는 소미소의 눈동자가 어둠 속 별빛처럼 반짝거렸다. 인상적인 소미소의 말이 시처럼 흘러들어와 내 마음을 울렸다. 그리고 내 안에 어떤 생각을 불러일으켰다.

터널과 빛이라는 말이 듣기 좋았다. 그리고 찬란하고 강렬한 터널 밖의 빛에 비할 순 없지만 암흑 같기만 한 터널 속에서도 분명 작고 희미한 빛이 존재하지 않을까 하는 생각이 들었다. 철저히 혼자가 되어 어둠 속에 갇혀 있던 나에게 털보 아저씨가 다가온 것처럼. 그것은 어둠에 포획된 나를 위로하고 밖으로 인도하는 반딧불이 같은 빛일지도 모른다. 누구나 누릴 수 있는 반딧불이. 살아만 있다면.

"무슨 생각해?"

소미소가 옆에서 내 팔을 톡 쳤다.

"어? 아니."

나는 움찔하며 정신을 차리고 자세를 고쳐 앉았다.

"그럼 다음 주 토요일도 같은 시간에 만나서 토론할까? 노트북은 내가 가져올게."

소미소의 말에 다들 고개를 끄덕이며 자리를 정리했다. 나도 가방을 챙겨서 일어났다. 카운터에 빈 컵을 올려놓은 셋은 저들끼리 팔짱을 끼더니 깔깔 웃고 시시덕거리면서 문으로 향했다. 나도 빈 컵을 반납하고 여자애들 뒤로 천천히 걸어갔다. 그런데 저 앞에서 소미소가 갑자기 몸을 돌리더니 내 쪽으로 성큼성큼 다가왔다.

"담아, 우리 코인 노래방 가기로 했는데. 같이 갈래?"

"아니. 이따 볼일 있어."

"그래? 음⋯⋯."

소미소가 잠깐 고민하는 표정을 짓더니 일단 나가자며 앞장섰다. 카페 앞으로 나가자, 사이좋게 팔짱을 낀 이소현과 박은진이 소미소에게 얼른 가자는 눈빛을 보냈다. 그런데 소미소가 느닷없이 둘과 나를 번갈아 보더니, 결심한 듯 둘을 향해 말했다.

"나, 오늘은 못 갈 것 같아."

"뭐? 왜? 간다며."

"약속 있는 걸 깜빡했어. 진짜 미안!"

소미소가 두 손을 모아 비는 시늉을 했다.

"뭐야 갑자기…… 코노 갔다가 떡볶이 먹기로 했잖아."

"오늘은 둘이 가고, 난 다음에 꼭 같이 갈게! 미안 미안."

거듭 사과하면서 둘을 달래던 소미소가 이번엔 나를 보고
말했다.

"너도 저쪽이지? 같이 가자."

소미소가 가리킨 방향이 진짜 집 방향이라서 나는 떨떠름
하게 대답했다.

"어? 어."

"연락할게! 재밌게 놀고!"

소미소가 둘을 향해 밝게 손을 흔들며 인사했다. 그러곤
이소현과 박은진이 뭐라 말할 새도 없이 내 팔을 붙잡고 부
랴부랴 반대편으로 걷기 시작했다. 뭔가 상당히 부자연스러
운 퇴장이었다. 얼결에 끌려가다 문득 뒤를 돌아보니, 이소
현과 박은진이 도깨비를 본 것 같은 표정으로 굳어 있었다.

"우리, 잠깐 산책할래?"

큰 건물을 돌아 이소현과 박은진의 시야에서 완전히 벗어

났을 때쯤, 소미소가 내 팔을 잡은 손을 거두며 말했다.

"갑자기 무슨. 너 약속 있다며."

"아니, 그냥…… 오늘 날씨가 너무 좋잖아."

나는 동문서답하는 소미소를 황당한 표정으로 쳐다봤다. 뜬금없이 날씨 타령하면서 내 시선을 피해 어깨에 둘러멘 가방끈을 잡고 꼼지락거리는 소미소가 아무래도 수상했다.

"아까 말한 약속이, 혹시 나야?"

내가 묻자 장난스러운 미소를 입가에 가득 머금은 소미소가 고개를 끄덕였다.

"내가 언제 너랑 약속을……."

"날씨가 너무 좋잖아. 잠깐만 걷자, 잠깐도 시간 안 돼?"

내 말을 낚아챈 소미소가 조르듯 물었다. 질문인지 통보인지 영 헷갈리는 말이었다. 얘가 왜 이렇게 산책을 고집스럽게 밀어붙이는지 전혀 이해되지 않았다. 거절할 핑계가 마땅치 않아서 잠시 고민하다가, 손목시계를 힐끔 봤다.

"지금 바로 가야 돼?"

소미소가 물었다. 사실 시계는 아무 의미 없이 본 거였다. 이따가 털보 아저씨랑 만나기로 했지만, 아저씨랑 나는 시간 약속을 하고 만나지 않기 때문에 시계를 볼 필요는 없었다. 그냥 내가 편한 시간에 카페로 가면 되는 거였다.

"뭐, 그건 아닌데······."

"잘됐다! 그럼 우리 공원 가자."

답은 이미 정해져 있었나 보다. 씩씩하게 앞장서는 소미소
의 발걸음이 유난히 경쾌했다. 온 사방을 두리번대며 걷는
모습이 꼭 산책 나온 강아지 같았다. 뭐가 저렇게도 즐거울
까. 만약 소미소한테 꼬리가 있다면 지금 정신없이 붕붕 흔
들고 있을 것 같았다.

소미소의 말처럼 날씨는 끝내주게 좋았다. 푸른색에 흰색
물감을 한 방울 탄 듯한 맑고 청량한 하늘에 솜사탕 같은 구
름이 보기 좋게 흩어져 있었다. 소미소와 큰길을 따라 쭉 걷
다 보니, 내가 종종 산책하러 오는 동네 공원이 나왔다. 철쭉
과 함께 자신의 계절을 맞은 새빨간 장미들이 매혹적인 모습
으로 군데군데 얼굴을 내밀고 있었다. 벚꽃 철이 지나고 나
니 주말인데도 사람이 많이 붐비지 않았다. 공원 안으로 들
어서자 노란 햇살 아래서 탱탱볼처럼 뛰어다니는 어린아이
들과 벤치에 앉아 느른하게 휴식을 취하는 어른들이 간간이
보였다.

"장미 너무 예쁘다! 그치?"

"응."

"저건 철쭉인가?"

“아마도.”

“넌 철쭉이랑 진달래 구별할 수 있어?”

“잘 몰라.”

지치지도 않는지 소미소는 걸으면서 쉴 새 없이 쫑알거렸다. 거의 혼잣말 위주였는데도 소미소의 얼굴에서 기분 좋은 미소가 떠나질 않았다. 그 모습을 힐끔 곁눈질하다가 소미소와 눈이 마주쳤다. 나는 어색하게 고개를 돌려 버렸다.

“잠깐 앉을까?”

소미소가 비어 있는 벤치를 가리키며 말했다. 나는 고개를 끄덕였다.

“음…….”

벤치에 앉고 나서, 소미소가 잠시 머뭇거리다 입을 열었다.

“소현이랑 너, 서로 좀 불편하지?”

소미소다운 직설적인 질문이었다.

“소현이는 네가 특이하대.”

“…….”

나는 침묵했다. 딱히 대답할 말이 없었다. 어떤 말도 변명이나 뒷담밖에는 되지 않을 터였다. 그리고 소미소의 ‘특이하다’는 표현 뒤에 실제로 어떤 대화가 오갔을지 쉽게 짐작이 갔다.

"있잖아……."

소미소가 단어를 고르듯 천천히 말했다.

"난 네가 특이하다고 생각 안 해. 특별하다면 모를까."

나긋나긋한 목소리로 뜻밖의 말을 내뱉는 소미소를 나는 조금 놀란 눈으로 쳐다봤다. 봄날의 햇살을 받아 황금색으로 반짝이는 소미소의 갈색 눈동자에는 진지함이 어려 있었다. 그게 무슨 뜻이냐고 묻고 싶었지만 나는 굳이 캐묻지 않았다. 그냥 그렇구나, 하는 얼굴로 가만히 있었다. 그러자 소미소가 알아서 설명을 덧붙였다.

"내 눈엔 그렇게 보여. 자기만의 세계가 뚜렷한 사람 같고, 너 자신을 제일 가까운 친구로 여기는 사람 같아. 그래서 부러워. 난 어릴 때부터 사람들의 눈치를 많이 봤거든."

소미소의 시선이 잠시 허공에 머물렀다. 그때, 강아지 두 마리를 유모차에 실은 부부가 우리 앞을 지나갔다. 안락한 유모차 안에서 혀를 내밀고 바깥을 구경하는 크림색 푸들과 갈색 푸들이 귀여워서 나도 모르게 픽 웃는데, 옆에서 소미소는 앞으로 쭉 뻗었던 두 다리를 다급히 오므렸다. 동시에 상체도 뒤로 살짝 젖히는 것 같았는데, 그냥 우연이겠지 싶어 별로 신경 쓰지는 않았다.

"내가 어디까지 말했지?"

"어릴 때부터 사람들 눈치 많이 봤다고."

긴장한 눈빛으로 잠시 주변을 살피던 소미소가 다시 말을 이었다.

"음…… 다섯 살 때였나? 그때부터 우리 부모님 사이가 급격히 안 좋아졌어. 집안 분위기는 시한폭탄 터지기 직전처럼 매일 불안했고. 두 분 다 성격이 불같거든. 싸울 때마다 내 앞에서 서로 이혼하네 마네 하면서 끝장을 보려 하더라고. 한번은 엄마가 나만 데리고 외할머니 집으로 가서 2주 정도 지낸 적이 있어. 아빠가 먼저 꼬리 내릴 때까지 시위한 거지. 나중에 집으로 돌아오고서도 당장 이혼할 것처럼 둘 다 물러서지 않았어. 그렇게 부모님 사이에서 내가 살얼음판을 걷는 시간이 생각보다 길어진 거야. 죽도록 싸우면서도 이혼은 안 하더라고. 그럴 바엔 차라리 둘이 이혼했으면 좋겠다고 생각했는데, 겉으로 티는 못 냈어. 어쨌든 엄마랑 아빠가 안 헤어지고 같이 사는 이유는 나 하나였거든. 애는 착하고 어른스러우니까, 애는 잘못이 없으니까 하면서 차일피일 이혼을 미루더라고. 문제는, 계속 그런 말들을 듣다 보니까 착하고 어른스러워야 한다는 강박 같은 게 나한테 생겼다는 거야. 슬프고 화나도, 어리광 부리고 싶어도 난 무조건 참고 웃었어. 그래야 할 것 같았거든. 부모님이 신경 안 쓰시게 내 일은 내가 알아서 척척 해 내야 했고."

와르르 말을 쏟아내던 소미소가 얕은 한숨을 폭 내쉬더니 말을 이어갔다.

"작년에 결국 이혼하셨어. 이제야 둘 다 훨씬 편해 보이더라. 나도 그렇고. 결과적으로는 잘 된 일이라고 생각하지만, 내 성격은 이미 굳어져서 잘 안 바뀌더라고. 하도 눈치 보면서 커서 남들 눈치 보는 게 몸에 뱄나 봐. 누구에게나 친절하고 어디서나 똑 부러지는…… 그니까 딱, 사람들이 좋아할 만한 모습을 연기하게 되더라고."

"연기 같지 않은데. 그냥 너로 보여."

어느새 눈꼬리가 축 처진 소미소를 돌아보며 내가 툭 내뱉었다. 딱히 위로 같은 걸 하려는 의도는 없었다. 그래도 말해 주고 싶었다. 여기서 이렇게 친하지도 않은 사람한테 우울하게 중얼거릴 만큼 넌 어둡기만 한 사람이 아니라고. 힘든 일을 겪은 사람들이 다 너처럼 긍정적이지는 못하다고. 기둥 하나가 썩었다는 이유로 완전히 허물어져 버리길 선택했던 나 같은 형편없는 사람도 있다고.

"이거 다 가면인데?"

소미소가 손가락으로 자기 얼굴을 가리키며 히죽 웃었다. 그러곤 양손을 뒤로 짚고 발을 앞으로 쭉 뻗으면서 한결 편안해진 자세로 말했다.

"사실 착한 척 밝은 척 연기하는 거, 별로 어렵지는 않아. 워낙 어릴 때부터 그래왔으니까. 그치만…… 나는 알잖아. 매 순간 내가 얼마나 긴장하면서 살고 있는지."

"……"

"근데 넌 아닌 것 같더라고. 확실히 남들하고 거리를 두긴 하지만, 누구한테나 공평하달까? 가식도 없고, 편견도 없고. 남이랑 잘 지내려고 억지로 노력하지 않는 모습 볼 때마다 이상하게 나까지 긴장이 풀리더라고. 말만 번지르르한 애들이랑도 다르고. 뭐랄까, 너한테는 뭐든 말할 수 있을 것 같은 기분이 들었어."

또 이런다, 또. 생명의 은인도 모자라 내가 공평하고 가식도, 편견도 없는 사람이라니. 소미소는 자꾸만 나도 모르는 내 모습을 찾아내서 알려 준다. 그 목소리가 퍽 다정해서였을까. 나는 무심결에 대꾸하고 말았다.

"공평한 거 아닌데."

"응?"

"다른 애들이랑은 산책한 적 없어."

난 그저 사실을 말했을 뿐인데, 소미소의 얼굴이 굳어졌다. 이어, 흰 얼굴이 주위에 핀 장미처럼 순식간에 빨개졌다. 내가 말실수를 했나 싶어 약간 당황하는 그때였다.

"설탕아! 안 돼!"

갑자기 우리 발밑으로 달려든 흰색 대형견이 내 신발에 코를 박고 킁킁거렸다. 힘을 이기지 못하고 끌려온 듯한 중년 여자가 다급히 목줄을 감으며 사과했다.

"아이고, 죄송해요. 얘가 사람을 워낙 좋아해서……."

괜찮다고 말하려다, 나는 순간 멈칫했다. 소미소가 좀 이상했다. 어느새 의자 끝으로 물러난 소미소의 얼굴이 하얗다 못해 창백하게 질려 갔다. 잔뜩 경직된 몸은 미세하게 떨리고 있었다. 긴장을 넘어 공포에 사로잡힌 갈색 눈동자를 마주한 나는, 개를 쓰다듬으려던 손을 거두고 벌떡 일어나 소미소 앞에 섰다. 그리고 개와 주인이 시야에서 멀어질 때까지 가만히 지켜봤다.

"괜찮아?"

개가 완전히 멀어진 걸 확인하고, 의자에 앉으며 내가 물었다.

"응……. 고마워."

소미소는 그제야 긴장이 풀렸는지 숨을 크게 몰아쉬고는 자세를 고쳐 앉았다.

"개 무서워하나 봐."

"너, 기억 안 나?"

이건 또 무슨 동문서답일까? 개가 무섭냐고 묻는데 기억이 안 나냐니. 당황한 나는 잠시 눈알을 굴리며 소미소가 낸 수수께끼를 풀어 보려 했지만 정답이 떠오르지 않았다. 침묵이 길어지자, 입술을 삐죽 내민 소미소가 새초롬하게 중얼거렸다.

"네 이름도 특이하지만 내 이름도 못지않게 특이한데…….
좀 서운하네?"

말을 끝내는 소미소의 입가에 여릿하게 쓴웃음이 걸렸다. 자꾸 알 수 없는 말을 쏟아내는 소미소를 보면서, 나는 하릴없이 눈만 끔벅거렸다.

"그때 네가 내 이름 듣고 그랬어. 거꾸로 해도 똑같다고, 신기한 이름이라고. 초등학교 3학년 때. 진짜 기억 안 나?"

"……."

'초등학교 3학년 때, 내가 소미소한테 했던 말.' 단서를 얻은 나는 머리를 빠르게 회전시켰지만, 그럴수록 머릿속이 하얘졌다. 떠오르는 건 한 가지 의문뿐이었다. 내가 옛날에 소미소를 만난 적이 있었다고?

내 대답을 기다리면서 일말의 기대로 반짝이던 소미소의 눈동자가 실망으로 물들어갔다. 결국, 답답한 쪽이 먼저 입을 열었다.

"왜, 우리 동네에 엄청 큰 떠돌이 개 있었잖아. 기억 안 나?"

나는 잠시 실눈을 뜨고 기억을 떠올렸다. 그러다 퍼뜩, 스쳐가는 기억에 눈썹이 꿈틀거렸다.

"그…… 갈색이랑 검은색 섞인?"

"맞아! 기억하네!"

소미소가 활짝 웃으며 격하게 호응했다.

"근데 그 개가 뭐?"

"내가 개를 진짜 무서워하거든. 아주 어릴 때 물린 적이 있어서. 근데 초등학교 3학년 때 그 떠돌이 개가 나타난 거야. 우리 학교 가던 지름길에. 기억나?"

"응."

"안 마주치려고 최대한 다른 길로 피해서 학교 다니고 그랬는데, 하루는 그 개랑 딱 마주친 거야. 슬금슬금 도망가려고 했는데, 내가 겁먹은 걸 알아챈 건지 개가 갑자기 으르렁거리면서 내 쪽으로 다가오더라. 당장이라도 달려들 기세로. 나는 완전히 온몸이 굳어서 거의 울기 직전이었어. 근데 그때, 네가 나타난 거야. 개한테 막 소리 지르면서 쫓아냈잖아, 네가. 이렇게 손발 막 휘두르면서."

생각만 해도 재미있다는 얼굴로 소미소가 손발을 달랑달랑 흔들어 가며 당시 상황을 재연했다. 자세한 묘사 때문인지 그때 상황이 희미하게 그려지는 것 같기도 했지만, 여전히 내겐 확신할 수 없는 기억이었다.

"내가?"

"응, 네가. 넌 누구한테나 다정하지는 않지만, 말보다 행동으로 보여 주는 애라고 생각해."

말을 마치면서 소미소가 빙그레 웃었다. 나의 기억에도 없는 일로 칭찬을 듣는 게 몹시 민망했지만, 한편으로는 '같은 경험도 사람마다 다른 농도로 기억될 수 있구나' 하고 생각했다. 하긴, 선행이란 원래 그런 건지도 몰랐다. 주는 사람은 몰라도 받는 사람은 아는 것. 어쩌면 사람들의 수명을 원래대로 되돌려주는 털보 아저씨의 그 의미 없어 보이는 선행도 받는 사람들에게는 아주 오랫동안 심장을 따뜻하게 해 주는 진한 농도의 기억일지도 모르겠다.

"먹을래?"

갑자기 소미소가 교복 치마 주머니에서 뭔가를 꺼내더니 슥 내밀었다. 키위 크기만 한 작은 빵이었다.

"레몬 휘낭시에야. 내 최애 빵. 아까 카페에서 너 주려고 따로 샀어."

"최애라며. 너 먹어."

"나도 있지롱!"

주머니에서 바스락거리는 빵 봉지를 하나 더 꺼내 흔들며 소미소가 장난스럽게 웃었다. 나는 소미소가 건네는 아담한 빵을 받아들었다. 빵을 보니 잠시 잊고 있던 털보 아저씨가 생각났다.

"잘 먹을게. 늦었는데 그만 가자."

우리는 그렇게 각자 손에 바스락거리는 빵 봉지 하나씩을 쥐고 집 방향으로 걸었다. 같이 걷는 공원길에 서서히 해가 기울면서 하늘에 농익은 복숭앗빛 노을이 커튼처럼 내려앉기 시작했다. 잠시 걸음을 멈추고 핸드폰으로 노을 사진을 찍는 소미소를 기다려주고, 우리는 다시 걸음을 옮겼다.

"레몬 휘낭시에 같은 것도 팔아 보는 건 어때요?"

고요하고 늦은 밤, 카페에 놀러간 내가 불쑥 말했다.

"네가 웬일이냐? 메뉴 제안을 다 하고. 그것도 콕 집어서 레몬 휘낭시에라니."

오븐 앞에서 땀을 뻘뻘 흘리며 빵을 굽던 털보 아저씨가 조금 놀란 표정으로 대꾸했다.

"그냥, 오늘 먹어 봤는데 괜찮더라고요."

"휘낭시에 맛있지. 조만간 만들어 줄 테니 시식해 봐라."

잠시 후 오븐 타이머가 땡 소리를 내자, 아저씨가 장갑을 끼고 조심스럽게 방을 꺼내 내 앞에 가져왔다. 슈거 파우더를 잔뜩 입힌 자몽 파운드 케이크와 설탕에 절인 체리가 올라간 생크림 단팥빵. 오늘의 메뉴였다. 나는 아저씨가 건넨 우유를 한 모금 마시고 나서 본격적인 시식에 들어갔다.

한입, 또 한입. 적당한 상큼함과 절제된 달콤함이 입안에서 춤을 추는 듯했다. 혹시 건강엔 해롭지만 맛은 확실히 있는 비밀스러운 조미료 같은 게 따로 첨가된 건 아닐까 의심이 들 만큼 아저씨가 만드는 빵들은 하나같이 맛이 훌륭했다. 아저씨를 향해 내가 엄지를 척 들어 올리자, 당연한 반응이라는 듯 아저씨의 입가에 회심의 미소가 번졌다.

조용한 방 안이 문득 낯설어질 때마다 종종 털보 아저씨의 카페에 놀러갔다. 카페는 조금씩 용도에 맞는 모습을 갖춰 갔고, 아저씨는 메뉴 개발에 더욱 열을 올렸다.

특히 베이커리 메뉴를 정하는 데 있어 아저씨는 나를 실험 대상으로 쓰기로 작정한 모양이었다. 무화과 호밀빵, 피넛 버터롤, 페퍼로니 파이, 모카크림 치즈소보루 같은 비교적 담백한 빵부터 평생 내가 직접 골라 사먹는 일은 절대 없을 듯한 망고바나나 까눌레, 딸기 모찌, 우유 푸딩과 멜론 푸딩 같은 각종 푸딩류까지 다양한 빵들을 내놓았다. 한 명은 키 약 186센티미터, 또 한 명은 몸무게 약 100킬로그램. 그렇게 위로 뻗거나 옆으로 뻗은 건장한 사내 둘이 어울리지 않게 달콤한 빵을 먹어 가며 많은 대화들을 나눴다.

아저씨가 빵을 굽기 시작하면 먼지 냄새만 폴폴 풍기던 카페 안은 언제 그랬냐는 듯 맛있고 포근한 빵 냄새로 차올랐다. 갓 구운 빵 냄새 속에서 아저씨와 나는 서로 무장 해제되어 속 이야기를 털어놓고, 공감을 나누고, 농담도 주고받았다. 망년지교(忘年之交)라 했던가. 친구라기엔 나이 차이가 상당한 털보 아저씨를, 나도 모르는 사이에 조금씩 친구로 받아들이고 있었다.

새로운 변수

학교 앞 드림 카페에서 우리는 몇 번 더 조별 모임을 했다. 이소현은 여전히 나에게만 뾰족하게 굴었고, 박은진은 중간에서 애매한 표정을 짓는 일이 많았으며, 소미소는 변함없이 밝고 서글서글한 태도로 분위기를 띄웠다.

어느 순간부터 나는 은근슬쩍 소미소의 표정을 보곤 했다. 전에 공원에서 소미소가 했던 말이 마음에 걸려서였다. 모두에게 익숙한 소미소의 밝은 모습이 노력에서 나오는 연기라는 말을 듣고 보니 어쩐지 좀 안쓰러웠다. 그래서 나는 조 모임을 할 때만큼은, 부러 차갑게 말하던 습관을 버리고 조금은 온순해지려고 신경 썼다. 그러는 동안 소미소와 나는 급

속도로 가까워졌다. 공원 산책 이후로 나를 편하게 느꼈는지 소미소는 자주 먼저 연락을 해 왔다. 같은 조 같은 팀이라 주를 이루는 건 과제 이야기였는데, 나중에는 시시콜콜한 일상도 종종 문자로 나눴다. 언제나 단조롭고 적막하기만 했던 나의 일상에 나타난 소미소와 털보 아저씨가 벌이는 작은 소동들. 온통 무채색뿐이던 일상에 어느새 색이 물들어가고 있었다.

그렇게 시간이 흘러 마지막 모임 날, 소미소와 박은진이 잠깐 화장실에 간 사이에 있었던 일이다. 이소현은 노트북으로 토론 보고서를 작성하는 중이었고, 나는 보고서 작성에 필요한 자료를 차례대로 정리해 이소현에게 말없이 건넸다. 그러자 이소현이 신경질적으로 자료를 낚아채더니, 난데없이 한쪽 입꼬리를 말아 올리며 나를 향해 조롱하듯 말을 내뱉었다.

"미소 같은 애가 너 같은 애를 진짜 좋아할 거라고 믿는 건 아니지?"

뜬금없이 날아온 가시 돋친 말. 나를 무시하는 말이란 걸 알면서도 이상하게 기분이 나쁘지 않았다. 의미심장한 그 말의 진위 여부가 궁금할 뿐이었다. 그렇게 이소현이 쏘아 올린 화살은 나에게 닿지 못하고 바닥으로 떨어졌다. 내가 대꾸하지 않았으니까. 이소현 입장에서는 나름 강적이라 느꼈을지도 모르겠다.

이상한 일이었다. 사흘째 소미소한테 연락이 없었다. 조 발표를 성공적으로 마무리한 사흘 전 그날부터. 과제도 끝났으니 더 이상 나랑 연락할 필요가 없어진 건가?

나는 잠잠한 핸드폰을 뚫어져라 쳐다봤다. 시계나 알람이 아니면 거의 쓸 일이 없었던 핸드폰이 다시 제 기능을 찾은 것 같았다. 괜히 아쉬워하는 내 모습이 문득 낯설어져서 뒤통수를 벅벅 긁으며 일어나 찬장에서 라면을 꺼냈다.

띠리리리링, 띠리리리링.

전화가 울렸다. 마침 물이 끓어 라면을 넣느라 액정도 확인하지 않고 전화를 받았다.

"여보세요."

"뭐해?"

생각지 못한 목소리에 순간 라면 넣던 손을 멈칫했다. 소미소였다.

"……앗, 뜨!"

펄펄 끓으며 올라오는 김이 냄비 위에 멈춰 있던 내 손을 순식간에 덮었고, 화들짝 놀란 나는 급히 손을 거뒀다.

"왜 그래? 뭔 일 있어?"

소미소가 놀란 목소리로 물었다.

"아…… 별거 아냐. 라면 끓이다가 손 델 뻔해서."

"헐, 괜찮아? 안 다쳤어?"

"괜찮아."

"우당탕탕 류담이네. 조심 좀 해."

장난 반 걱정 반이 섞인 목소리에, 나는 피식 웃으며 보글보글 끓는 면을 젓가락으로 풀었다.

"저기, 담아."

"응."

"우리 이번 주말에 같이 놀래?"

예상치 못한 질문에 나는 또 흠칫 놀라 손이 굳었다가, 다시 정신을 차리고 라면을 천천히 휘저으며 되물었다.

"놀자고? 둘이?"

"응! 둘이."

"왜?"

"어, 그게……."

내 물음에 소미소가 뜸을 들였다. 계속 젓가락으로 면을 풀면서 나는 대답을 기다렸다. 근데 혹시 이거…… 데이트 신청인가? 생각이 그쪽으로 가니 괜스레 설레고 묘하게 긴장

되었다. 잠깐 정적이 흘렀다가, 소미소가 입을 열었다.

"그때, 너랑 산책할 때 난 좋았거든. 그래서 얘기도 더 해 보고 싶고…… 이번에 우리 발표도 잘 끝냈고, 또…….."

"그래, 놀자."

그대로 두면 설명이 너무 장황해질 것 같아서 내가 말허리를 잘랐다. 이유야 뭐가 됐든, 어차피 나의 대답은 예스였으니까.

"진짜? 토요일 괜찮아?"

"응."

"그럼 우리 그날 진짜 맛있는 거 먹자! 밥 먹고 카페 갔다가 산책도 할까? 나 예전부터 가 보고 싶었던 카페가 있는데, 거기 가자! 거기 빵이 엄청 맛있대. 음, 카페 가서 빵 먹으려면 밥은 좀 간단하게 먹는 게 낫겠지? 어, 근데…….."

"응."

"나, 지금 너무 신났지?"

뜬금없이 진지하게 묻는 소미소가 귀여워서 나는 순간 웃음을 터트릴 뻔했다. 입술을 깨물고 가까스로 참았지만, 입술 사이를 비집고 미소가 흘러나왔다.

"그날 밥은 어떤 거 먹고 싶어? 내가 좀 계획적인 성격이라서 미리미리 정해 둬야 마음이 편하거든."

이어서 약속 시간과 장소까지 구체적으로 정한 뒤에야 소미소는 흡족한 목소리로 전화를 끊었다.

라면이 다 불어 있었다. 나는 혼자 피식 웃었다. 퉁퉁 분 라면이 웃겨서. 은근히 사람을 웃기는 재주가 있는 소미소가 재밌어서.

지금까지 줄곧 남들의 죽음의 디데이를 곁에 두고 살면서 마음 놓고 웃어 본 게 언제인지 기억도 잘 나지 않았다. 그런데 소미소와 털보 아저씨를 만나면서 조금씩 웃게 됐고, 퉁퉁 불은 라면처럼 자꾸만 마음이 부풀어 올랐다.

나는 라면을 냄비째 식탁에 올려놓았다. 평소 같았으면 다 불어 터져서 먹지 않고 버렸겠지만, 오늘은 아니었다. 라면은 다양한 상황에서 맛을 내는 신기한 음식이니까. 물놀이 직후에 먹는 라면, 캠핑장에서 불을 피워 먹는 라면, 외국에서 느끼함에 혀가 마비될 때쯤 먹는 라면. 라면은 특별한 상황에서 그 어떤 산해진미보다 매력적인 맛을 낸다.

나는 물을 잔뜩 머금은 불은 라면을 후후 불어가며 열심히 먹었다. 모락모락 피어오르는 김에 안면이 훈훈하게 달아올랐다.

드디어 금요일이 되었다. 소미소와 약속한 날이 하루 앞으로 다가왔다. 나는 학교에서 돌아오자마자 가방을 대충 던져두고 옷장 앞에 섰다. 옷장에 걸려 있는 옷들을 슥 살펴보았다. 교복 여벌, 후줄근한 추리닝 몇 벌, 간절기 외투 몇 벌, 그리고 겨울 패딩 두 벌.

대체 그간 뭘 입고 다녔나 싶을 정도로 마땅한 옷이 없었다. 비교적 얇고 깨끗한 옷을 만지작거리다가, 사정없이 늘어나 있는 목 부분을 확인하고선 한숨을 쉬며 옷장을 탁 소리 나게 닫았다.

더운 날씨에 입고 나갈 깔끔한 티 한 장이 없다니. 그냥 교복이나 입고 갈까, 잠깐 생각했다가 이내 고개를 저었다. 그리고 곧장 지갑을 챙겨 집을 나섰다.

"어서 오세요."

동네 옷가게로 들어서자, 점원으로 보이는 여자가 반갑게 나를 맞이했다. 점원은 인사만 건네고는 곧바로 자기 할일에 열중했다. 딴청 피우는 고양이처럼 손님을 방관하는 태도가 마음에 쏙 들었다. 나는 천천히 가게를 둘러보았다.

"뭐 찾으시는 거 있으세요?"

가게를 두 바퀴쯤 돌았을 때, 점원이 물었다. 아무것도 고르지 못하고 이 옷 저 옷을 소심하게 만지면서 가게 안을 빙빙 도는 남학생이 아무래도 신경 쓰인 모양이었다.

"아, 저…… 그냥 여름옷이요."

"반팔 찾으세요?"

"네."

"원하는 스타일 있으세요?"

"딱히 그런 건……."

"추천 좀 해 드릴까요?"

"네."

"흠, 뭐가 좋으려나……."

두 눈을 굴려 매장 안을 빠르게 훑던 점원의 시선이 문득 한 곳에서 멈췄다. 그녀는 옷이 잔뜩 걸린 매대 사이로 경보하듯 걸어가더니, 시원한 몸짓으로 옷걸이 두 개를 턱턱 양손에 집어 들고 왔다.

"어때요? 요즘 학생들한테 제일 인기 있는 건데."

왼쪽은 아이보리색 무지 반팔티, 오른쪽은 작은 고양이 마크가 새겨진 검은색 반팔티였다.

"이걸로 할게요."

나는 망설임 없이 왼쪽 옷을 골랐다. 점원이 선택 받지 못한 옷을 매대에 걸면서 또 물었다.

"바지는 안 필요해요?"

"뭐 있어요?"

"청바지? 아님 면?"

"청바지요."

"음, 여기에 어울리는 색…… 아, 이건 어때요?"

어디선가 청바지를 골라 온 점원이, 나를 향해 반팔티와 청바지를 동시에 들어 보였다. 아이보리색 반팔티와 연한 색 청바지의 조합이 제법 산뜻해 보였다.

"둘 다 주세요."

센스 있고 노련한 점원의 응대에 짐짓 감탄하며 계산을 마치고 가게를 나왔다.

"감사합니다, 행복한 주말 되세요!"

등 뒤에서 에너지 가득한 밝은 목소리가 들려왔다. '주말' 앞에는 늘 '행복한'이나 '즐거운' 따위의 수식어가 붙는 것처럼 주말을 하루 앞둔 오늘, 거리는 평소보다 활기를 띠었다. 양손에 쇼핑백을 들고 집으로 향하는 내 발걸음도 오늘따라 경쾌하고 가뿐했다.

같은 날 밤, 침대에 누워 핸드폰을 하고 있는데 알림음이 울렸다. 소미소가 보낸 문자였다.

✉ 내일 2시 알지? 7번 출구 앞에서 만나자 :)

별 내용도 아닌 문자에 갑자기 파도치듯 가슴이 울렁대기 시작했다. 진정하려고 할수록 빵빵하게 부풀어 오른 헬륨 풍선처럼 온몸이 가볍게 들썩거렸다. 나는 자꾸만 달뜨는 마음을 무수한 한숨으로 삭이고도 한참이 지나서야 겨우 잠이 들었다.

⌣

"오늘은 쾌청한 하늘 아래 전국이 대체로 맑겠지만, 오후부터 비가 오는 곳이 있겠습니다. 낮 최고 기온은 전국이 16도에서 24도로 어제와 비슷하겠습니다. 날씨였습니다."

다음 날 오후, 핸드폰으로 날씨 예보를 들으면서 어제 산 옷을 주섬주섬 챙겨 입었다. 비가 올 수도 있다는 말에 반팔 티 위에 밤색 카디건을 걸쳤다. 카디건 주머니가 커서 소형 접이식 우산이 쏙 들어갔다. 완벽하게 준비를 마친 나는 집을 나섰다.

약속 장소는 그리 멀지 않았다. 버스로는 다섯 정거장, 지하철로는 두 정거장. 좀 여유 있게 도착하기 위해 나는 지하철을 선택했다. 지하철에 타서 잠시 핸드폰을 하는 사이, 어느새 열차는 목적한 역에 다다랐다.

지하철에서 내리자 역 안 어디에선가 은은하게 풍겨오는 빵 냄새가 코를 찔렀다. 요즘 카페에서 빵 시식을 너무 많이 한 탓일까. 익숙한 빵 냄새에 몸이 자동으로 반응했다. 고소한 밀가루 냄새를 따라 홀린 듯 걸음을 옮긴 곳에는 제법 큰 제과점이 있었다. 나처럼 맛있는 냄새에 이끌려 왔는지 가게 안은 이미 빵을 사러 온 사람들로 붐볐다. 슥 보기만 해도 눈이 돌아갈 정도로 빵 종류가 다양했다. 고민하던 나는 결국 레몬 휘낭시에 하나를 집어 들었다. 그리고 계산이 끝나자마자 작은 빵을 주머니에 찔러 넣고, 7번 출구 계단을 올랐다.

토요일이라 그런지 출구에서부터 북적거리는 사람들로 더운 열기가 가득했다. 고개를 빼고 주위를 휘휘 둘러봤으나 소미소는 아직 도착하지 않은 듯했다. 나는 출구 옆에서 일행을 기다리는 사람들 속으로 섞여 들어갔다.

소란스러운 틈에서 이방인처럼 어색하게 서 있는데, 누군가 내 어깨를 톡톡 쳤다. 고개를 돌리자 소미소가 방실방실 웃으며 손을 흔들었다. 흰 얼굴, 흰 원피스, 흰 운동화. 모든 게 흰색이라 눈처럼 빛이 났다. 평소와 사뭇 다른 모습에 나는 잠시 벙쪘다. 색색의 옷으로 화려하게 차려입고 분주하게 옆을 지나는 수많은 사람들이 전부 흑백 처리되고, 오직 소미소만 보이는 순간이었다.

"갈까? 음, 근데 방향이 좀 헷갈리네……."

"어, 잠시만."

정신이 흩어졌던 나는 소미소의 목소리에 얼른 정신을 차리고 핸드폰으로 지도 앱을 켰다. 잠시 후 우리는 바람에 떠밀려가는 구름처럼 사람들 사이에 유유히 섞여 식당 쪽으로 걸음을 옮겼다.

소미소가 예약해 둔 초밥집에서 점심을 먹고, 소미소가 가보고 싶었다던 카페에 가서 커피와 디저트를 먹었다. 크렘브릴레라는 설탕 덮인 크림과 수플레 팬케이크라는 통통하고 폭신한 빵이었는데, 이름이 어려웠지만 맛은 괜찮았다. 이것저것 소미소가 계획한 대로 움직이다 보니 벌써 다섯 시가 다 되어 있었다. 나가서 좀 걷자는 소미소의 말에 우리는 짐을 챙겨 카페를 나왔다.

"헐, 비 온다!"

카페를 나오자마자 처마 밑에서 소미소가 움찔하며 발을 멈췄다.

"어제만 해도 비 소식 없었는데…… 우산도 없는데……."

울상이 된 소미소가 하늘을 올려다보며 혼잣말하듯 중얼

거렸다. 나도 고개를 들어 하늘을 봤다. 카페에 들어갈 때까지만 해도 맑았던 하늘이 어느새 흐려져 보슬비가 내리고 있었다. 처마에서 떨어진 차가운 빗방울이 또옥, 내 이마와 손등으로 튀었다.

완벽주의를 자랑하던 계획형 소미소가 내 옆에서 어찌할 바를 모르고 허둥대고 있었다. 큼, 나는 속으로 웃음을 삼키며 주머니에서 우산을 꺼냈다. 혹시 몰라 챙겨오길 잘했다.

"나 우산 있어."

"진짜? 다행이다!"

안도한 듯 소미소가 활짝 웃더니 들뜬 얼굴로 말했다.

"우리 그럼 우산 쓰고 걸을래?"

"괜찮겠어?"

"응! 나 비 올 때 우산 쓰고 걷는 거 좋아해."

소미소가 소풍 가는 아이처럼 즐거워했다. 나는 우산을 활짝 펴고 말했다.

"그러든지."

원래 소미소가 계획했던 대로 우리는 동네 공원으로 갔다. 비 오는 공원은 확실히 인적이 드물었다. 온통 세상의 소리를 덮는 빗소리가 요란하게 들끓었던 도시 소음을 잠시 거두어 갔고, 오직 우리의 발걸음 소리와 우산 위로 톡톡 떨어지는 빗방울 소리만 귓가에 울렸다. 적당히 습기를 머금은 구름과 풀의 촉촉한 냄새가 기분 좋게 코끝을 맴돌았다.

토독 토독.

쏴아아—.

다행인지 불행인지 비는 쉽게 그치지 않았고, 오히려 빗줄기가 점점 굵어졌다. 우산을 두드리는 빗소리도 더욱 거세졌다. 소미소와 나는 반사적으로 우산 속을 깊이 파고들었고, 그 바람에 살짝살짝 스치던 서로의 팔이 완전히 밀착해서 닿았다.

쾅. 닿은 팔부터 심장까지 번개 치듯 빠르게 번지는 찌릿함에 흠칫 놀란 나는, 소미소 쪽으로 우산을 더 기울이면서 얼른 팔을 뗐다. 우산 잡은 손에 잔뜩 힘이 들어갔다. 소미소가 잠시 물끄러미 나를 쳐다봤다. 시선이 느껴졌지만 왠지 돌아보기가 어색해서 앞만 보고 걸었다. 그러자 소미소도 다시 고개를 돌리는 게 느껴졌다.

얼마간 말없이 걷던 소미소가 조심스러운 투로 물었다.

"나, 궁금한 거 있어."

"뭔데?"

"언제부터 변한 거야?"

"뭐가?"

"성격. 아니, 말투라고 해야 하나? 원래는 안 그랬는데 무뚝뚝해진 거 맞지?"

"…… 글쎄."

"옛날에 너 처음 봤을 때 되게 밝은 애라고 생각했거든. 근데 다시 만났을 땐 솔직히 다른 사람인 줄 알았어. 이름만 아니었으면 몰라볼 뻔했다니까?"

"……."

"혹시 그사이에 무슨 일이 있었던 건가 싶었어."

예상치 못한 질문에 뭐라고 대답해야 할지 망설여졌다. 나는 말없이 앞만 보고 계속 걸었다. 적당히 얼버무리고 넘어갈까 했다가 생각을 바꿨다. 지난번 이곳에서 소미소가 자기 이야기를 허물없이 털어놓았던 게 문득 떠올랐다. 소미소에 대한 나의 경계심이 옅어진 것도 바로 그 솔직함 때문이었다. 과연 나는 어디까지 솔직해질 수 있을까. 먼저 투명하게 마음을 열고 민낯을 드러낸 소미소에게 나도 조금은 솔직해져도 되지 않을까.

"맞아, 원래 이러지 않았어."

나와 보폭을 맞추며 조용히 들어주는 소미소에게 나는 짧고 담백하게 이야기를 풀어 갔다. 어릴 때 부모님이 돌아가셨다고. 그 후로 나를 둘러싼 모든 상황이 정신없이 바뀌었지만 그래도 나름대로 상황에 적응하기 위해 애썼다고. 그러다 친구가 죽고 나서부터는 사람들한테 쉽게 마음 열고 정주기가 힘들어졌다고.

소미소는 포근하고 다정한 눈으로 내 이야기를 들어주었고, 어느 순간 눈가가 촉촉해졌다. 단순한 공감을 넘어 타인의 아픔에 마음을 포개려는 소미소의 모습이 건조하게 메말라 있던 내게 큰 위로가 되었다. 하지만 따뜻한 마음도 받아본 놈이 잘 받는 법이었다. 나를 깊게 파고드는 소미소의 공감 어린 눈빛을 받고 있자니 어색해서 미칠 지경이었다. 그래서 나는 황급히 화제를 돌렸다.

"비 오니까 노래 듣고 싶네."

뜬금없이 노래 타령이라니. 내가 생각해도 어이가 없었다. 그런데 소미소가 말없이 반대쪽 어깨에 멘 가방에서 뭔가를 주섬주섬 꺼냈다. 흰색 무선 이어폰이었다.

"듣자, 음악."

입가에 부드러운 미소를 그리며 소미소가 이어폰 한쪽을 건넸다.

"무슨 노래 좋아해?"

"딱히 취향 같은 건 없는데. 잘 안 들어서."

"뭐야, 노래 듣고 싶다며."

새로운 변수

소미소가 내 팔을 가볍게 툭 치면서 웃었다. 그러곤 핸드폰을 꺼내 음악을 재생했다.

"비 올 때 내가 자주 듣는 곡이야. 야마구치 하나의 〈Starlight on the river〉."

처음 듣는 가수, 처음 듣는 제목이었다. 이어폰을 귀에 꽂자, 비 오는 날에 어울리는 잔잔한 음악이 흘러나왔다. 여자 보컬의 허스키한 목소리와 감미로운 피아노 소리가 잘 어우러지는 곡이었다. 이어 후렴부로 넘어가자 내 머릿속이 반짝했다. 전혀 모르는 노래인 줄 알았는데, 알고 있던 노래였다. 익숙한 멜로디 흐름이 바람처럼 귓가로 자연스럽게 스며들었다.

몽글몽글한 배경 음악을 깔아둔 채 우리는 빗속을 걷고 또 걸으면서 많은 이야기를 나눴다. 소미소에게 우산을 절반 이상 내준 탓에 바깥쪽 어깨가 비에 흠뻑 젖어 들어갔지만, 힘들지는 않았다. 오히려 비 오는 공원을 걷는 일이 이토록 낭만적이었나 싶은 생각까지 들었다.

뭐가 그리 좋은지 내내 붕 뜬 목소리로 재잘거리며 웃음이 떠나질 않는 소미소의 옆얼굴을 문득 훔쳐보다가 나도 덩달아 웃고 말았다. 그리고 그 순간, 내 안에서 나도 모르게 부피를 키운 간지럽고 낯선 감정의 정체를 뒤늦게 알아차렸다.

후렴부까지 이르러서야 이미 알고 있던 노래라는 사실을 깨닫게 되는 것처럼.

"이제 갈까? 좀 춥네."

소미소가 양손으로 팔을 비비며 미간을 좁혔다. 얇은 원피스 차림으로 바들바들 몸을 작게 떠는 모습이 안 돼 보였다.

"잠깐 이것 좀."

나는 소미소에게 우산을 잠시 넘긴 다음, 카디건을 벗었다. 그리고 소미소의 어깨에 둘러주었다. 손끝을 스친 머리카락이 가볍게 찰랑거렸다.

"좀 젖긴 했는데, 안 입는 것보단 나을 거야."

"아, 괜찮은데…… 고마워."

"가자. 데려다줄게."

우리는 발길을 돌려 소미소 집 쪽으로 향했다. 걸어가는 동안 비가 점차 잦아들면서 우중충했던 하늘이 조금씩 맑아졌다. 촉촉이 물 고인 거리를 소미소는 찰방찰방 가볍게 걸어갔다. 소미소가 사는 아파트 단지에 들어섰을 때쯤, 우산이 필요 없을 정도로 비가 방울방울 내렸다.

"여기야, 우리 집."

한 아파트 현관 앞에서 발을 멈춘 소미소가 말했다. 그러곤 어깨에 걸치고 있던 카디건을 벗어 내게 건넸다.

　　　　　　　　　　　　　　　새로운 변수

"여기. 고마워."

나는 우산을 접고, 카디건을 받아들었다. 그 순간 내가 움켜쥔 부분에서 바스락 소리가 났다.

"아, 맞다."

나는 주머니에서 빵 봉지를 얼른 꺼내 얼굴에 물음표가 뜬 소미소에게 내밀었다.

"이거 먹어."

"어? 이거 레몬 휘낭시에……."

"맞아. 좋아한다며."

"……."

이상한 일이었다. 빵을 받아든 소미소가 입을 굳게 다물고 나를 뚫어져라 응시했다. 갑자기 분위기가 묘해졌다. 종일 웃고 떠들던 사람이 맞나 싶을 정도로 소미소의 표정이 심각하게 바뀌었다. 속을 읽을 수 없는 눈빛에 당황한 나는 절로 몸에 힘이 들어갔다.

"좋아해."

소미소가 대뜸 말했다.

"알아, 말했잖아."

"하, 아니…… 빵 말고 너 좋아한다구."

"…… 뭐?"

갑작스러운 말에 놀란 내가 멀거니 쳐다보고만 있자, 소미소가 처음으로 시선을 피해 고개를 스르르 숙였다. 그리고 긴장한 표정으로 뭔가 말하려는 듯 입술을 달싹이더니, 이윽고 입을 뗐다.

"담아, 우리…… 좀 더 가까운 사이로 지내는 거 어때?"

"이미 가깝지 않나?"

내가 되묻자 기침처럼 웃음을 터트린 소미소가 나를 흘겨보았다.

"어우, 눈치 없어!"

"……."

"그러니까 내 말은……."

"이거 고백이야?"

나는 직설적으로 물었다. 소미소가 입술을 앙다물더니, 살짝 긴장한 표정으로 고개를 끄덕였다.

"응. 고백 맞아."

"……."

"담아, 나랑 사귈래?"

확실하게 쐐기 박는 소미소를 보며 나는 꿀꺽 침을 삼켰다. 머릿속에 떠오르는 말은 하나밖에 없었다.

"그래."

"진짜?"

"응."

별것 없는 내 짧은 대답에 소미소가 얼굴 가득 함박웃음을 띠었다. 기분이 좋아 보였다. 그럼 됐지 뭐, 생각하며 나는 어깨를 으쓱했다.

"나 이제 들어갈게. 연락하구!"

"응, 들어가."

소미소가 웃는 얼굴로 인사하고 돌아섰다. 그러곤 공동 현관으로 걸어가 익숙하게 비밀번호를 누르다가, 문득 몸을 휙 돌리더니 나를 향해 헤실헤실 예쁘게 웃으며 손을 흔들었다. 살랑살랑 흔드는 손길에 균형을 잡지 못한 내 마음이 흔들흔들 춤을 췄다. 나는 피식 웃으며 소미소에게 손을 흔들어 보였다.

소미소가 내게서 완전히 몸을 돌렸다. 그런데, 그 순간이었다. 익숙한 광경이 눈앞에 펼쳐졌다. 돌아서는 소미소의 머리 위로 희미한 링이 뜬 것이다. 아지랑이처럼 보일 듯 말 듯 어른거리던 링이 순식간에 초록빛을 내며 뚜렷해졌다. 그리고 늘 그랬듯이, 링 안에는 선명한 숫자가 새겨졌다.

"아……."

짧은 탄식을 내뱉은 나는 온몸이 그대로 바위처럼 굳어 버렸다. 방금까지만 해도 알록달록하게 물들어가던 화면에 쩍 금이 가고, 세상이 온통 회색빛으로 변하는 순간이었다. 전혀 생각지 못했던 변수였다. 소미소 머리 위로 뜬 선명한 숫자는 정확히 7일 뒤를 가리키고 있었다. 예전 동우에게 보였던 것과 같은 숫자였다.

소미소가 사라진 자리를 멍하니 바라보고 있는데 입꼬리가 주체할 수 없이 실룩거렸다. 우산을 꽉 움켜쥔 손이 부서질 듯 덜덜 떨렸다. 갑작스럽게 동우의 디데이를 마주했던 그날처럼, 주변이 빙빙 돌면서 가슴이 토할 것처럼 울렁거리기 시작했다. 깊은 곳에서 뜨거운 열기가 올라왔다. 아무 생각도 할 수 없었다. 주먹을 불끈 쥐면서 어금니를 꽉 깨물었다. 문득 눈앞이 탁해지고 세상이 심하게 출렁였다. 내 안에서 거센 폭풍우가 휘몰아쳤다. 난파 직전의 배처럼 마음이 위태롭게 흔들렸다. 어느 순간부터는 눈물을 뚝뚝 흘리고 있는 나를 발견했다.

그 자리에 우뚝 서서 한참을 숨죽여 울다가, 어느 순간 퍼뜩 정신이 들었다. 아니, 정신을 차려야만 했다. 손 놓고 한가하게 울고 있을 때가 아니었다. 동우에 이어 소미소까지 허무하게 보낼 수는 없었다. 그러고 싶지 않았다. 나는 더 이상

작고 어린 초등학생이 아니었다. 여덟 살도, 열세 살도 아니었다. 그땐 안다는 것만으로 아무것도 할 수 없었지만, 지금의 나는 다를 거라고 믿고 싶어졌다.

대충 손등으로 남은 눈물을 벅벅 닦아내고, 나는 어딘가를 향해 달려가기 시작했다. 길바닥에서 혼자 답을 찾을 수 있는 문제가 아니었기에. 쫓아오는 사람도 없는데 아파트부터 횡단보도 앞까지 쉬지 않고 정신없이 내달렸다. 곧이어 신호가 바뀌고 발을 내딛는 순간, 빗물 고인 웅덩이를 밟았다. 신발과 새 옷에 흙탕물이 잔뜩 튀었다. 그러거나 말거나. 나는 쉬지 않고 달렸다.

찰팍, 찰팍, 찰팍! 미끄러운 바닥에 온몸을 실어 거칠게 찍는 운동화 발자국 소리가 쉴 없이 울렸다. 앞만 보고 뛰어가는 와중에도 강박에 가까운 초조함이 온몸을 지배했다. 거대한 불안과 공포가 심장을 터질 듯이 조여 왔다.

마침내, 공격적인 기세로 문을 열고 뛰어 들어간 곳. 양쪽 무릎을 짚고 선 내가 턱 끝까지 차오른 숨을 거칠게 몰아쉬며 외쳤다.

"하아, 하…… 저 좀, 도, 후우, 도와주세요!"

능력을 누릴 행운, 혹은 자격

"뭐야, 너…… 담아, 무슨 일 있냐?"

오븐 뒤에서 털보 아저씨가 놀란 얼굴로 몸을 일으켰다.

"하아, 후……."

너무 숨이 차서 대답하는 것조차 힘들었다. 잠시 선 채로 가쁜 숨을 고르다, 무심코 고개를 돌리자 입구에 못 보던 전신 거울이 놓여 있었다. 정신 나간 놈처럼 흙탕물을 뒤집어 쓰고 서서 숨을 헐떡거리는 내 모습이 거울에 비쳤다.

"일단 앉아. 마실 것 좀 줄 테니."

나는 힘없이 캠핑 의자로 걸어가 털썩 주저앉았다. 의자에 몸을 깊숙이 묻고 눈을 감았다. 편안한 자세로 앉았지만 불안정한 호흡은 좀처럼 진정되지 않았고, 오한이 든 것처럼 온몸이 바르르 떨려 왔다.

잠시 후 전자레인지에서 땡 소리가 났다. 털보 아저씨는 적당히 데운 우유가 담긴 머그잔을 가져와 내게 내밀었다.

"좀 마셔라."

따뜻한 우유를 한 모금 마시는 동안, 아저씨는 내 맞은편에 의자를 놓고 앉았다. 비를 맞고 식은 몸에 따뜻한 게 들어가니 몸의 떨림이 잦아들었다. 조금 살 것 같았다.

"이제 말해 봐, 대체 무슨 일인지."

아저씨가 나와 시선을 맞추며 말했다. 특유의 무뚝뚝하면서도 여유 있는 표정, 흔들림 없는 까만 눈동자, 낮고 단단한 목소리가 극에 달했던 나의 불안을 서서히 가라앉혔다. 겨우 감정을 추스른 내가 입을 열었다.

"전에 제가 말했던 여자애, 기억하세요?"

"여자애?"

"횡단보도에서 도와준 애요."

"알지. 그 애가 왜? 너 설마……."

아저씨는 뜬금없이 눈을 가늘게 뜨고 입꼬리를 올리며 놀리듯 물었다.

"지금 나한테 연애 상담하러 온 거냐?"

나는 우유를 마시다가 그만 쿨럭, 기침을 터트렸다.

"그런 거 아니에요."

"그럼 뭐냐?"

아저씨가 흥미를 잃은 얼굴로 팔짱을 끼고 의자에 등을 기댔다.

"오늘 그 애 디데이가 처음으로 보였어요. 저랑 말 좀 해 본 애들 디데이는 다 보였었는데, 그 애 디데이만 이상하게 계속 안 보였었거든요. 근데……."

"근데?"

"일주일 남았어요. 디데이가."

"흠……."

미간을 좁힌 아저씨는 의외로 침착한 반응이었다. 처음 겪는 일이 아닌 듯했다. 아저씨가 잠시 생각에 잠긴 얼굴로 허공을 응시했다. 답답한 마음에 내가 인상을 찌푸렸지만 아저씨는 말이 없었다. 굳게 닫힌 그 입을 바라보며 나는 초조한 마음에 입술을 잘근잘근 씹었다. 이윽고 털보 아저씨가 긴 한숨을 내쉬더니 입을 뗐다.

"안됐구나."

"네?"

순간 내 얼굴이 일그러졌다. 기껏 한다는 말이 동정이라니.

여기까지 정신없이 달려오는 동안 아저씨라면 답을 알려 주지 않을까 기대했던 마음이, 그 말 한마디에 산산조각이 나 버렸다. 짧은 기간이나마 진짜 어른이라 믿었던 아저씨의 냉정한 태도에 황당함을 넘어 배신감마저 들었다. 결국 나는 참지 못하고 감정을 터트렸다.

"아저씨 일 아니라고 쉽게 말씀하시네요."

짜증스럽게 내질렀지만, 나의 빈정거림에도 털보 아저씨는 약이 오를 만큼 태연하기만 했다. 오히려 아저씨는 흐트러짐 없는 눈빛으로 나를 응시할 뿐이었다. 분노의 대상을 잃어버린 나는 고개를 떨구고 애꿎은 머그잔만 노려보았다. 울컥 또 눈물이 날 것만 같아서 아랫입술을 꽉 깨물고 머그잔 잡은 손에 힘을 주었다. 모진 말로 아저씨를 공격했지만 상처 받은 건 나였다.

잠시 후 나직한 음성이 내 귓속을 파고들었다.

"참 안된 일이지. 어린 나이에 제대로 꽃도 못 피워 보고 간다는 게. 그런데 어쩌겠니. 그게 그 아이의 정해진 수명인 걸."

"……"

"담아, 우리는 신이 아니다. 그저 남들이 못 보는 걸 볼 수 있을 뿐이야. 그 특별한 능력도 그저 우연한 기회에 얻었을 뿐이고.”

“……”

“누구나 죽어. 태어나기도 전에 죽고, 병으로 죽고, 사고로 죽고, 스스로도 죽지. 한 살에도 죽고, 열 살에도 죽고, 서른 살에도 죽고, 노인이 되어서도 죽어. 죽음이란 그런 거다. 받아들이기 힘든 마음은 충분히 이해하지만 그건 네 잘못도, 그 애의 잘못도 아니잖냐. 삶도, 죽음도 결국 신의 영역이니 그저 신의 손에 맡길 수밖에……”

쓸쓸한 표정으로 아저씨는 삶을 통달한 사람처럼 술술 말을 쏟아냈다. 그리고 그 말들은 내 한쪽 귀로 들어와 한쪽 귀로 흘러 나갔다. 아무리 아저씨의 말이라 해도 지금은 깊이 새겨듣고 싶지 않았다. 소미소를 살리겠다는 나의 의지가 꺾일 것만 같아서 두려웠다. 하지만 그렇다고 딱히 반박할 수도 없는 말이라 나는 아무 대답도 하지 못했다.

한참 침묵이 이어진 끝에 아저씨가 먼저 입을 열었다.

“그 애한테 알려 주는 건 어떠냐?”

“뭘요?”

나는 자석에 이끌리듯 고개를 들었다. 그리고 의아한 눈썹을 찡그리며 물었다.

“설마…… 일주일 뒤에 죽을 거라고요?”

"그래."

아저씨가 덤덤한 표정으로 말을 이었다.

"그 애도 알아야 하지 않겠어? 얼마 남지 않았다는 걸."

"그렇지만 그걸 제가 어떻게……."

"죽을 날을 미리 알아야 남은 삶도 잘 마무리할 수 있지 않겠니. 그 애도 죽기 전에 꼭 하고 싶은 일들이 있을 텐데, 알려 줘야지. 죽음까지 팔십 년 남은 사람과 일주일 남은 사람의 하루는 가치가 전혀 다를 테니까."

나는 힘없이 고개를 푹 숙였다. 이성적으로 생각하면 분명 맞는 말이었지만, 지금 나는 이성적으로 생각할 수가 없었다. 옳은 말만 하는 아저씨의 침착한 목소리가 내 귀에는 야속하고 매정하게만 들렸다. 아저씨는 좀 다를 줄 알았다. 나처럼 아저씨도 소중한 사람을 떠나보낸 적이 있었으니까. 그런데 어쩌면 저렇게 침착할 수 있을까? 난 아직도 누군가의 죽음 앞에서 태연할 수가 없는데.

"…… 살릴 방법은 정말 없는 걸까요."

나는 혼자 뇌까리듯 낮게 중얼거렸다. 그리고 돌아오는 대답은 역시 짐작한 대로였다.

"없지."

그런데, 이어지는 말이 심장을 뚫고 지나갔다.

"그 애 수명이 갑자기 바뀐 게 아니라면."

어둠 속에서 보일 듯 말 듯 고개 내민 희망을 잽싸게 잡아챈 내가, 눈에 힘을 주고 아저씨를 쳐다보았다. 그러자 아저씨는 아차 싶었는지 난처한 기색이 역력한 얼굴로 고개를 저었다.

"그런 눈으로 보지 마라. 그거 아니다."

"뭐가요?"

"그 애 구하려는 거 아니야?"

"맞아요."

"너도 오늘 그 애 디데이 처음 본 거라며? 그게 원래 정해진 수명인지, 바뀐 수명인지 어떻게 알아."

"상관없어요. 뭐라도 해 봐야죠."

내가 비장한 결심을 보이자, 순간 아저씨 표정에서 여유로움이 사라지고 눈빛이 확 날카로워졌다.

"너 인마…… 그게 얼마나 위험한 일인지 알고 말하는 거냐?"

진지하게 언성을 높이던 털보 아저씨가 갑자기 말을 멈추고 긴 한숨을 내쉬었다.

"후……. 너한테 말해 주지 못한 사실이 하나 있다."

"그게 뭔데요?"

어리둥절한 얼굴로 묻는 나를 보며 아저씨가 느릿하게 팔짱을 풀더니, 진중하고 묵직한 목소리로 말했다.

"나는 아주 오랫동안 많은 사람의 디데이와 죽음을 지켜봤다. 전에 말했다시피 그중에는 수명이 갑자기 줄어드는 사람들도 있었지. 정해진 수명이 단축된다는 것만으로도 놀라웠는데, 그보다 더 놀라운 일이 있더구나. 반대의 경우 말이다."

"반대의 경우라면……."

"수명이 늘어나는 일 말이다."

"네? 어떻게요? 그것도 아저씨가 도와준 거예요?"

놀란 내가 다급하게 질문을 쏟아내자, 아저씨가 천천히 고개를 저었다.

"아까도 말했지만 우리는 신이 아니야. 갑작스러운 사고를 막고 원래대로 수명이 돌아갈 수 있게 도움을 줄 뿐이지."

"그럼 대체 어떻게……."

말꼬리를 흐리면서 나는 꿀꺽 침을 삼켰다. 폭발 직전에 폭탄 해체법을 배우는 사람처럼, 마음이 자꾸만 조급해졌다.

"수명이 늘어나는 일 자체가 손에 꼽힐 정도로 드물었는데, 아마도 원인은 둘 중의 하나였을 거다."

"뭔데요?"

"수명이 갑자기 줄어든 상태에서 우리처럼 능력을 가진 다른 사람이 도왔거나, 아니면 희생이 있었거나."

"희생…… 이요?"

"수명이 늘어난 사람들 사이에서 공통점을 하나 찾았거든. 그런 경우엔 반드시 다른 누군가의 희생이 있었다는 것. 그러니까 다른 사람의 희생을 담보로, 죽을 운명이었던 사람이 예정에 없던 보너스 인생을 사는 거지. 자신을 위해 희생한 사람의 수명을 고스란히 차지하고서 말이다."

"그, 희생이라면……."

"대신 죽었다는 뜻이다."

"아……!"

털보 아저씨가 쓴웃음을 지으며 말을 이었다.

"그중에는 애초에 죽을 운명이 아니었던 사람도 있었어. 죽을 날이 그날이 아니었던 거지. 그런데도 일단 그 사람을 위한 희생이 치러지면, 희생한 사람의 남아 있던 수명이 그 사람에게 옮겨가더라고."

"그게 정말 가능하다고요?"

"글쎄, 우리가 이런 능력을 갖게 된 것도 일반적으로 가능한 일은 아니지."

"그건 그렇죠……."

능력을 누릴 행운, 혹은 자격

"흐음. 그래도 내 나름대로 유추해 본 가능성은 있었어."

아저씨가 사자 갈기 같은 풍성한 턱수염을 어루만지며 신중한 목소리로 말했다.

"인간은 보통 자기 목숨을 거뜬히 내놓을 정도로 이타적인 존재는 아니잖냐. 굳이 따지자면 이기적인 존재에 가깝지. 그런 인간이 타인을 위해 목숨을 건다는 건, 인간의 본성이나 섭리를 거스르는 일이 아닐까. 음, 그런 돌연변이 같은 행동이 우주 질서에 어떤 변화를 일으켜서 기적을 만드는 것인지도 모르지. 그러니까 내 말은, 목숨을 건 희생은 인간의 영역을 넘어설 만큼 어려운 일이라는 거다."

지금껏 내가 몰랐던 규칙을 천천히 읊조리는 아저씨의 말에 담긴 뜻은 분명했다. 관두란 뜻이겠지. 소미소를 구하는 일에 나의 목숨까지 걸 게 아니라면.

"……."

살벌한 경고에 말문이 막힌 나는 맥없이 고개를 떨군 채 식은 머그잔만 만지작거렸다. 잠시 말없이 물끄러미 나를 보던 아저씨는 마지막 쐐기를 박았다.

"사람의 수명을 사람이 바꾸는 건 불가능한 일이야. 아무리 애를 써도 결국 네 친구를 구하지 못했던 것처럼 말이다."

"……."

"그래도 한번 방법은 생각해 보마. 그러니 일단 오늘은 아무 생각 말고 좀 쉬어. 너, 안색이 많이 안 좋아. 알겠지? 밖에 비도 많이 오니까 차로 데려다 주마."

털보 아저씨 말에 나는 유리창 쪽으로 스르르 고개를 돌렸다. 들어올 때까지만 해도 거의 그쳤던 비가 다시 소나기처럼 퍼붓고 있었다. 대화에 집중하느라 빗소리가 요란하게 창을 두드리고 있는 것도 몰랐다. 지금은 내 머릿속이 가장 요란하고 어수선했다.

"가자."

서둘러 정리를 마친 아저씨가 말했다. 마지막으로 불을 끈 아저씨를 따라 가게를 나섰다. 밖으로 나오자마자 서늘한 밤 공기가 드러낸 살마다 스며들어 몸을 움츠러들게 했다. 자연스레 한쪽 팔을 감싸는데 나는 문득, 내가 살아 있다는 사실이 어색하게 느껴졌다. 평범한 골목길 풍경, 후드득 떨어지는 생생한 빗소리, 우산을 쓰고 지나가는 사람들의 찰박거리는 발소리, 비에 젖은 축축한 아스팔트 냄새, 혀끝에 남은 비릿하고도 고소한 우유 향. 죽음을 인지한 후에야 비로소 뚜렷해지는 살아 있다는 감각.

잠시 후 문이 잠긴 것을 꼼꼼히 확인한 털보 아저씨가 차키를 눌렀다. 삐빅. 가게 앞에 주차돼 있던 흰색 소형차의 헤

드라이트가 깜빡거리면서 차문 열리는 소리가 났다.

"뒤에 타. 앞에는 짐이 많아서."

아저씨 말에 나는 차 뒷문을 열었고, 잠시 주춤했다. 온갖 잡동사니들이 뒷좌석에 어지럽게 널브러져 있었다. 조수석 상태도 별반 다르지 않았다. 아저씨가 정리에 소질이 없는 건 분명했다. 나는 서류 봉투 같은 가벼운 것들을 조심스럽게 밀어 치우면서 차에 올라탔다. 곧 아저씨가 시동을 걸고 히터를 틀었다.

"춥지? 금방 따뜻해질 거야."

"고맙습니다."

"주소 좀 불러 봐라."

내비게이션에 우리 집 주소를 찍은 아저씨는 안전벨트를 매고는 능숙하게 차를 출발시켰다.

차가 빗속을 천천히 달렸다. 창문 유리에 수시로 빗방울이 부딪쳐 흘러내렸다. 뒷좌석에 어색하게 몸을 기댄 나는, 복잡한 마음을 잠시 내려놓고 온통 비에 젖은 바깥 풍경을 멍하니 바라보았다. 부모님 외에 누군가의 차를 타는 건 오랜만이라 낯설었지만 한편으로는 왠지 보호 받는 느낌이 들어 나쁘지 않았다.

나를 배려하듯 침묵을 지키던 아저씨가 손을 뻗어 라디오를 켰다. 라디오에서는 비 오는 날에 잘 어울리는 조용한 팝송이 흘러나왔다. 그런데, 이 장면이 문득 익숙하게 느껴졌다. 익숙할 리 없는데 이상하게 익숙했다. 마치 지금 이 상황을, 이 느낌을 이전에도 경험해 봤던 것만 같았다. 은밀하게 내 정신을 지배하는 이 느낌은 묘한 기시감 같은 거였다.

'뭐지? 꿈에서 봤나?'

알 수 없는 기분에 미간이 절로 좁혀지는 그때였다.

"어, 어어……!"

놀란 아저씨 목소리와 함께 차가 덜컹거리며 심하게 흔들렸다. 갑자기 끼어든 화물차 때문이었다. 아저씨가 급브레이크를 밟아 간발의 차로 사고를 피했다.

그 순간이었다. 카메라 플래시가 터지듯 눈앞이 번쩍하더니, 머릿속에서 끊어졌던 기억 조각 수십 개가 즉시 연결되면서 스파크가 튀었다. 낯설면서도 익숙한 장면들이 띄엄띄엄 짧은 영상처럼 머릿속에서 재생되기 시작했다. 어딘가로 달리고 있는 자동차 안, 뒷좌석에 나란히 앉은 엄마와 나, 창밖으로 거세게 쏟아지는 빗소리, 꾸벅꾸벅 졸다가 와르릉 천둥 치는 소리에 놀라 엄마 무릎을 찾아 눕는 나, 도톰하고 보드라운 코코아색 담요를 내게 덮어 주는 엄마의 손길. 그리고 이어지는 장면은, 온몸이 부서질 듯 나를 꽉 끌어안은 엄마, 팽팽하게 경직된 엄마의 품에서 느껴지는 뜨겁게 떨리는 숨결, 그 어깨 너머로 슬로 모션처럼 천천히 사방으로 흩뿌려지는 깨진 유리 파편들……

정전되듯 거기서 기억이 뚝 끊겼다. 갑자기 삐 하는 날카로운 이명이 울리더니 깨질 듯한 두통이 밀려왔다. 심장이 머리에서 뛰는 것처럼 뇌가 쿵쿵 울렸다.

"후, 괜찮니? 놀랐지?"

놀란 숨을 진정시킨 털보 아저씨가 나를 돌아보며 물었다. 시간이 정지된 듯 아저씨와 주변 사물의 움직임이 비정상적으로 느리게 보였다.

"네에……."

나는 겨우 목소리를 짜내어 대답했다. 그리곤 숨을 몰아쉬면서 자세를 고쳐 앉았다. 산란하게 흐트러진 정신을 먼저 다잡아야 했다. 잠시 후, 우리 집 앞에서 차를 멈춘 털보 아저씨가 말했다.

"들어가렴. 오늘은 아무 생각 말고 푹 쉬고. 응?"

"네, 고맙습니다."

차에서 내린 나는 아저씨를 향해 꾸벅 고개를 숙였다. 뒤이어 엔진 소리와 함께 차가 출발하는 걸 보고 나서야 어지러운 머리를 붙잡고 터덜터덜 집으로 들어갔다. 지칠 대로 지친 나는 침대에 대자로 쓰러져 누웠다. 액체가 되어 땅으로 눅눅하게 가라앉는 기분을 느끼며 조용히 눈을 감았다. 스펙터클했던 하루가 주마등처럼 스쳐 지나갔다.

"후······."

숨을 쉴 때마다 긴 한숨이 새어 나왔다. 아까 차에서 떠오른 장면은 대체 무엇이었을까? 내가 잊고 있던 기억의 파편일까? 다른 생각들과 뒤섞인 불확실한 기억은 아닐까? 혹은 언젠가 꿈속에서 봤던 장면의 재현이었을지도······. 최대한 생각을 쥐어짜 보려 노력했지만 생각할수록 지끈거리는 두통이 일었다. 조금만 몸을 움직여도 머리가 깨질 듯 아파 왔다. 나는 손바닥으로 지그시 이마를 누르며 눈을 감았다. 그렇게 가만히 누운 채 생각을 억지로 떨쳐 내려 애썼다.

얼마나 지났을까. 무의식적으로 몸을 뒤척이던 나는 흠칫 놀라 눈을 떴다. 깜빡 잠이 들었던 모양이다. 어느새 방 안에는 희미한 달빛이 내려앉았고, 어지러운 두통도 많이 가라앉아 있었다.

"띠링."

누워서 천천히 눈을 슴벅이며 몽롱해진 정신을 차리고 있는데, 문자 알림음이 울렸다. 나는 핸드폰 쪽으로 손을 뻗었다. 문자 두 통이 와 있었다. 잘 들어갔냐는 소미소의 문자,

그리고 인터넷에서 좋은 글귀를 캡처해서 보낸 고모의 문자였다. 부모님 장례식 이후로 할머니 장례식을 치를 때까지 고모와 나는 한 번도 만난 적 없었지만, 고모는 잊을 만하면 한 번씩 이렇게 인터넷에서 퍼 온 것 같은 글귀를 보내 나와의 관계를 듬성듬성 미지근하게 이어 왔다.

언제나처럼 별 생각 없이 빠른 속도로 글귀를 읽어 내려갔다. 그러다 머릿속에 한 가지 생각이 퍼뜩 스쳤다. 오늘 불현듯 떠오른 그 충격적인 기억의 실체가 무엇인지를 내게 알려줄 수 있는 사람, 바로 고모였다. 마음이 파닥거리며 요동치기 시작했다. 나는 침대에서 벌떡 일어나 앉았다. 그리고 곧장 핸드폰 통화 버튼을 눌렀다.

"응, 담아."

통화 연결음이 한참 울리고 나서야 전화를 받은 고모는 조금 당황한 듯한 목소리였다. 한 번도 먼저 연락한 적 없던 내가 이렇게 늦은 시간에 전화했으니 당황할 만도 했다.

"밤늦게 죄송해요."

"아니야, 아직 안 잤어. 무슨 일 있니?"

"저, 그게……."

나는 숨을 한 번 크게 들이쉬고 나서, 고모에게 내가 떠올린 기억을 전부 털어놓았다. 그리고 물었다. 그 일이 실제로 내게 일어났던 일이 맞냐고. 잠시 뜸을 들이던 고모가 그렇다고 대답했다. 당시 사고의 유일한 생존자였던 내가 그 자리에서 정신을 잃었다고, 이튿날 정신을 차렸지만 이상하게 그날 있었던 일을 전혀 기억하지 못했다고, 극심한 충격에 어린 내가 스스로 머릿속에서 사고에 대한 기억만을 완벽히 도려낸 것 같았다고, 이후로 나를 배려한 어른들은 굳이 내 앞에서 그날 일을 꺼내지 않았다고 설명했다.

"다친 곳 하나 없이 멀쩡한 게 기적이었지. 차가 완전히 폐차될 정도로 망가졌었는데⋯⋯. 모성애라는 게 뭔지 참. 그때 네 엄마는, 너 끌어안고 끝까지 버티는 바람에⋯⋯."

"이 사람아, 뭐하러 그런 얘기까지 해!"

전화기 너머로 고모부가 고모를 나무라는 목소리가 작게 들려왔다.

"아유, 알겠어. 알겠다고. 아무튼 담아, 그러니까 넌 정말 엄마한테 감사하는 마음으로 잘 살아야 해. 알겠지, 응?"

전화를 끊고서 한동안 미동조차 할 수 없었다. 무거운 팔을 늘어뜨린 채 멍하니 앉아 있었다. 아무 생각도 들지 않았다. 맘껏 떠올리고 수없이 추억하고 싶은 부모님의 얼굴도 희미하기만 했다. 짙은 안개 속에서 여전히 나는 혼자인 것만 같았다. 그러다 어느 순간부터 가슴 깊은 곳에서 서서히 감정이 끓어오르는 걸 느꼈다. 간신히 억눌러 온 마음이 덜컥 흔들렸다. 균형을 잃은 마음의 둑은 순식간에 무너졌고, 잊고 있던 그리움이 밀물처럼 밀려왔다. 안개 속에 가물거리는 엄마 아빠의 얼굴이 미치도록 보고 싶어졌다.

나는 말없이 일어나 방구석에 놓인 서랍장 앞으로 다가갔다. 제일 아래 칸 서랍에서 가족사진을 꺼냈다. 그리 많지 않은 사진 몇 장. 빛바랜 사진 속에서 빛을 발하는 부모님과 어린 나의 환한 웃음. 사진을 한 장씩 보면서 수많은 생각과 감정이 내 안에 떠올랐다가 사라지기를 반복했다.

부모님이 떠난 이후로 암흑 같은 시간을 버티게 해 준 건 가슴 한편에 자리한 자존심이었다. 혼자가 익숙하고 편하다는 생각, 외로움은 모든 인간의 숙명이라는 믿음, 남의 도움 같은 건 필요 없다는 자존심. 하지만 지금, 하릴없이 무너진 마음 앞에서 나는 인정해야 했다. 나는 도움이 필요한 사람이고, 또 도움을 주고 싶은 사람이라는 것을. 가슴이 뭉근하게 아려왔다. 어느새 환하게 웃고 있는 사진 위로 굵은 눈물방울이 뚝뚝 떨어져 내렸다.

다음날 눈뜨자마자 털보 아저씨의 카페로 갔다. 카페 건물 앞에서 아저씨는 일꾼 두 명과 함께 간판 공사를 마무리 짓고 있었다. 나는 고개를 들어 간판을 봤다. 검은색 바탕에 통통한 흰색 입체 글자가 새겨져 있었다. 'Boss Cafe(보스 카페).' 반가운 이름이었다. 수염에 묻은 먼지를 툭툭 털어 내면서 아저씨가 나보고 들어가 있으라고 말했다.

딸랑. 카페 문을 열자 낯선 풍경 소리가 울렸다. 입구에는 못 보던 발 매트가 깔려 있었다. 순간 내가 잘못 들어온 줄 알았다. 베이커리 메뉴 개발을 제외하곤 오픈 준비에 그다지 열을 올리지 않는 느낌이었는데, 카페에 어울리는 아이템이 하나씩 추가되고 있는 게 신기했다. 케이블선이며 온갖 물건들이 너저분하게 널려 있던 바닥도 예전보다 훨씬 깔끔해졌고, 테이블과 의자 위에 아무렇게나 쌓여 있던 물건들도 싹 치워져 있었다. 밝을 때 보니 확실히 공사가 막바지에 들어선 모습이었다. 나는 처음으로 캠핑 의자 대신, 제대로 된 카페 의자에 앉아 아저씨를 기다렸다.

잠시 후 풍경 소리와 함께 털보 아저씨가 카페 안으로 들어왔다.

"다 끝났어요?"

"얼추. 후우, 오늘 무지 덥네."

손수건으로 대충 땀을 닦아 내면서 아저씨가 냉장고 앞으로 가더니 시원한 오렌지주스 두 캔을 꺼내 왔다. 내 앞에 있는 테이블에 주스를 올려놓은 아저씨가 맞은편에 털썩 앉았다. 그리고 캔을 따서 벌컥벌컥 주스를 들이켰다.

"후, 이제 좀 살 것 같네."

만족스런 얼굴로 아저씨가 탕 소리 나게 캔을 내려놓았다.

"근데, 이 시간부터 무슨 일이냐?"

아저씨가 물었다. 나는 잠시 주스 캔을 만지작거리다가 입을 열었다.

"저도…… 그거 같아요."

"그거?"

"아저씨가 어제 그랬잖아요. 누군가 목숨 걸고 희생하면 그걸 받은 사람의 수명이 갑자기 늘어날 수 있다고요. 그 말이 맞다면, 저도 그거 같다고요."

"……."

"엄마가 저를 위해 희생한 거였어요. 그때 사고 났을 때, 저 살리려고. 목숨까지 걸고요."

"흠…… 예상은 했다."

솔직히 내 이야길 듣고 조금은 놀랄 줄 알았는데 아저씨는 허무할 정도로 태연했고, 오히려 놀란 건 내 쪽이었다.

"네? 예상했다고요?"

"뭐, 대충."

"그걸 어떻게……."

"그건 내가 묻고 싶은 말이야. 너는 네 디데이에 의문을 품은 적이 한 번도 없었냐?"

"그게 무슨…… 아저씨는 아저씨의 디데이가 보여요?"

내 물음에 아저씨가 황당한 표정으로 재차 되물었다.

"그럼, 넌 네 디데이를 모른다는 거야?"

"제 건 안 보이는데요. 원래 자기 건 못 보는 거 아니에요?"

계속해서 질문과 질문만 서로 오갔다.

"그럴 리가. 거울만 봐도 보이는데."

털보 아저씨가 의아한 듯 미간을 살짝 좁히며 말했다. 진짜 황당한 건 나였다. 능력을 얻고 나서부터 단 한 번도 내 눈에 내 디데이가 보인 적이 없었다. 그래서 그게 당연한 규칙 같은 것이겠거니 생각하며 살아왔다.

"저는 안 보이던데요?"

"그래? 흐음, 혹시 네가 보려는 의지가 없던 건 아닐까?"

"의지……요?"

순간 나는 얼빠진 사람처럼 멍해졌다. 지금껏 내 디데이를 보지 못한 게 그저 의지가 없어서였다고? 그렇게 오랫동안 소미소의 디데이가 안 보였던 것도 그럼 내 의지의 문제였다는 건가? 이게 그렇게 단순한 문제였나?

능력을 누릴 행운, 혹은 자격

"아마 맞을 거다. 내 경험상으로는. 내가 보고 싶지 않은 사람의 디데이는 정말로 안 보이더라고."

"아⋯⋯."

나는 깨달음의 탄식을 터트렸다. 그동안의 모든 상황이 엉킨 실타래 풀리듯 빠르게 이해가 됐다.

"그러고 보면 참 신기하지."

아저씨는 자신이 내뱉은 말에 스스로 뭔가 깨달은 듯 덧붙였다.

"아무리 특별한 능력이 있어도 그 능력을 좌우하는 힘은 결국 사람의 마음에서 나온다는 게 말이다."

나는 말없이 고개를 주억거리다 문득 궁금증이 솟았다.

"근데요⋯⋯."

"응."

"제 디데이에 의문 품은 적이 없냐는 게 무슨 말이에요?"

"아, 그거⋯⋯."

턱수염을 어루만지면서 아저씨가 덤덤하게 말했다.

"좀 이상했거든. 물론 애초에 네가 말도 안 되게 긴 수명을 갖고 태어났을 수도 있지만, 그걸 감안하더라도 네 디데이는 길어도 너무 길었으니까. 그래서 널 처음 봤을 때 생각했지. 아, 이 아이는 죽을 운명이 아니었던 날에 누군가의 희생을 받아서 수명이 더 늘어났구나 하고 말이야.”

“그 말은……”

또다시 이어진 아저씨의 충격적인 발언에 나는 혼란스러운 얼굴로 말했다.

“굳이 희생할 필요가 없었다는 거잖아요.”

“뭐?”

“우리 엄마요. 어차피 그 사고 났던 날이 제가 죽을 날이 아니었던 거면, 엄마가 그렇게까지 할 필요…… 없었던 거잖아요. 희생 같은 거, 괜히, 나 때문에……”

심장이 통째로 떨어져 나간 듯한 공허함이 밀려왔다. 불필요하게 엄마를 희생시키고 허무한 죽음을 맞게 한 장본인이 나였다는 사실을 알고 나자, 텅 빈 가슴에 참을 수 없는 분노와 자괴감이 묵직하게 스며들었다. 금방이라도 울음이 터질 것만 같아서 나는 주먹을 꽉 쥐었다.

“담아, 진정하렴. 어디까지나 그냥 내 추측일 뿐이니까.”

내 표정을 읽었는지 아저씨가 난처한 얼굴로 다독이듯 말했다. 그러곤 내 손에 있던 주스를 가져가 손수 캔을 따서 돌려주었다.

“시원할 때 마셔라. 빵도 좀 만들어 줄까?”

나는 힘없이 고개를 저었다. 그리고 천천히 주스를 들이켰

능력을 누릴 행운, 혹은 자격

다. 자꾸만 울컥거리는 감정들을 주스와 함께 목구멍 뒤로 꾸역꾸역 밀어 삼켰다. 잠깐 시간이 흐르는 동안 많은 생각들이 스쳐 지나갔고, 어느 정도 마음이 진정되었다. 나는 아랫입술을 질끈 깨물었다. 그리고 오늘 이곳을 찾아온 진짜 목적을 비장하게 꺼냈다.

"저, 미소 살리려고요."

"…… 또 그 얘기냐?"

털보 아저씨의 얼굴이 대번에 어두워졌다. 아저씨는 날카로운 눈빛으로 나를 똑바로 쳐다보며 일침을 가했다.

"담아, 무모한 일에 더 이상 희망 갖지 마라."

확고하게 결론부터 내놓은 아저씨가 설명을 덧붙였다.

"어제도 말했잖니. 위험한 일이라고, 네가 목숨까지 걸지 않는 이상 절대 그 애 못 살린다고. 그래 뭐, 그 애 수명이 갑자기 줄어든 거라면 도울 수 있는 방법이 있겠지. 실제로 내가 그런 사람들을 돕고 있으니까. 근데 그게 아니면 어쩔 건데? 돕겠다고 나섰다가 만약 실패하면? 최악의 경우까지 생각은 해 봤냐? 자칫하면 살리기는커녕 둘 다 죽을 수도 있어."

아저씨는 침까지 튀기며 현실적인 걱정들을 와르르 쏟아냈다.

"알아요."

"안다고? 아니, 너 지금 죽기라도 하겠단 거냐?"

"누가 죽겠대요? 전 그냥, 원래 제 것이 아닌 엄마 수명을 나눌 수 있으면……."

"인마, 누가 그게 나눠진대?"

털보 아저씨가 다급한 목소리로 말을 잘랐다.

"100에서 50이 되는 게 아니라 100에서 0이 되는 거야. 그 애를 살리면 네가 죽는 거라고. 대체 왜 그렇게까지……."

아저씨가 눈을 부릅뜨고 나를 보았다. 이렇게까지 감정적으로 언성을 높이는 모습은 처음이었다. 그런 아저씨의 벌게진 얼굴과 거칠게 일렁이는 눈동자가 희한하게도 나를 안심시켰다.

"아저씨."

나는 털보 아저씨의 두 눈을 피하지 않고 또렷이 응시하며 내 뜻을 차분하게 전달했다.

"애초에 우리가 죽음의 디데이를 보는 것도 그렇고, 정해진 수명이 줄거나 늘어날 수 있다는 것도, 다 비현실적이고 예외적인 일 아니에요? 그래서 저는, 또 다른 예외도 있을 거라는 가능성에 희망을 걸어 보려고요."

"뭐?"

능력을 누릴 행운, 혹은 자격

무슨 뚱딴지같은 소리냐는 듯 인상을 구기는 아저씨를 향해 나는 강한 의지를 꾹꾹 눌러 담아 말을 이었다.

　"엄마의 희생을 담보로 보너스 수명을 얻은 제가 또 다른 누군가를 위해서 희생하면요? 희생에 희생이 더해지면, 그러면…… 조금은 다른 결과가 나올 수도 있지 않을까요."

　"하……."

　내 말에 아저씨는 무거운 한숨을 길게 내쉬더니 혼란스러운 표정으로 이마를 짚었다. 그리곤 처음으로 내 눈을 피해 창가 쪽으로 고개를 돌려 버렸다. 복잡한 얼굴로 생각에 잠긴 아저씨에게 나는 슬그머니 도움을 구했다.

　"그러니까 저 좀 도와주세요. 사람 살리는 일, 아저씬 많이 해 봤잖아요."

　"지금 나보고 네가 죽을지도 모르는 일을 도우란 거냐?"

　다시 나를 보며 아저씨가 황당한 듯 눈썹을 찡그렸다. 나를 책망하는 어른의 부리부리한 눈빛에 문득 가슴이 뭉클해졌다. 나는 가까스로 입꼬리를 끌어올리며 말했다.

　"죽으려고 그러는 거 아니에요. 살려고 그러는 거지. 저는 가족도 친구도 다 잃어 봤잖아요. 근데 이번에도 아무것도 못하고 미소까지 그렇게 되면…… 저 더 이상 제정신으로 못 살 것 같아요. 그러니까 지금은 뭐라도 해 보고 싶어요."

"무슨 말인지 알아. 아는데…… 담아, 잘 생각해라. 지금까지 내가 도운 사람도 많지만 돕지 못한 사람도 많아. 비겁하게 들릴지 모르겠지만 목숨까지 걸면서 남을 도울 위인은 못 된다, 내가. 나도 살고 싶으니까. 내가 살아야 남도 도울 수 있는 거야. 안 그러냐? 그러니 너도 제발 다시 생각해 봐, 응?"

털보 아저씨가 이젠 거의 애원하다시피 나를 말렸다.

"아뇨, 전 미련 없어요. 아저씨 말대로라면 저, 보너스 인생을 얻은 거잖아요. 제가 받은 수명이 원래 전부 엄마의 것이었을 가능성도 있는 거고요. 공짜로 받은 걸 공짜로 나누는 거, 하나도 안 아까워요. 그리고……."

나는 침을 크게 꿀꺽 삼키고 결의에 찬 목소리로 또박또박 힘주어 말했다.

"한 번 사는 인생이잖아요. 저도 아저씨처럼 값진 일 한 번쯤 해 보고 싶어요."

전혀 물러날 생각 없는 내 모습에 아저씨는 골치 아픈 얼굴로 한숨만 푹푹 내쉬었다. 넌 애가 왜 갑자기 말을 잘하냐며 쓴웃음을 짓기도 했다.

"그날 근처에서 지켜보시다가, 혹시 상황이 위험해지면 112나 119에 신고만 좀 해 주세요. 아저씨까지 위험해질 필요는 없으니까. 부탁할게요."

"하, 아무리 생각해도 이건 진짜 도박인데……. 그날 무슨 사고가 어떻게 일어날지는 아무도 모르는 거야. 네 희생이 반드시 그 아이를 살릴 거라는 보장도 없고. 그런데도 꼭 해야만 하겠니?"

아저씨를 향해 나는 백 퍼센트의 진심을 담아 고개를 크게 끄덕거렸다. 이후 아저씨는 한참 동안이나 굳은 얼굴로 침묵을 지켰다. 쉽지 않은 결정이라는 걸 누구보다 잘 알기에 나는 대답을 재촉하지 않았다. 아저씨가 거절해도 상처받지 않을 준비가 돼 있었다. 어쩌면 아저씨에겐 고민의 시간이 며칠 더 필요할지도 몰랐다. 아저씨는 신중한 사람이니까.

그러나 생각과는 다르게, 결론이 빨리 내려졌다.

"그래, 한번 해 보자. 너랑 나, 그 애까지 셋인데 설마 신이 셋 다 죽게 놔두겠어?"

농담처럼 말하면서 털보 아저씨가 익숙한 얼굴로 호탕하게 웃었다.

그렇게 주사위는 던져졌다. 웃음도 잠시, 우리는 금세 다시 진지해졌다. 그 후로도 아저씨는 그날 벌어질 수 있는 다양한 형태의 위험 가능성에 대해 열변을 토했다. 대책 없는 희망만 품거나 무책임한 응원만 받는 것보다 아저씨와 함께 현실적인 이야기를 나누는 일이 내겐 더 큰 위안이 되었다. 무엇보다 나를 진심으로 걱정해 주는 사람이 있다는 사실이 나를 더 강하고 용감하게 만들었다.

그리고 아저씨와의 긴긴 대화 끝에 나는 깨달았다. 소미소에게 닥친 죽음을 애초에 나는 수수방관할 수 없는 사람이란 것을. 본디 아저씨나 나처럼 태생적으로 다른 사람의 위험과 어려움을 외면할 수 없는 사람에게만 주어지는 능력인지도 몰랐다, 죽음의 디데이를 보는 능력은.

다음 날, 그리고 또 다음 날. 모든 것이 평소와 다를 바 없었으나 또 모든 것이 전과는 다르게 느껴졌다. 첫사랑과의 첫 연애를 온전하게 즐길 마음의 여유 같은 건 내게 없었다. 하지만 마지막이 될지도 모르는 이 시간을 무의미하게 흘려보낼 수도 없는 일이었다. 부끄러우니 당분간은 사귀는 걸 비밀로 하자는 소미소의 의견을 존중했다. 때문에 학교에서는 대놓고 말을 걸거나 따로 챙겨 주진 못했지만, 학교가 끝나면 우리는 틈틈이 만나 둘만의 시간을 가졌다. 카페에 가서 소미소가 좋아하는 빵도 먹고, 한강에서 라면도 먹고, 동

능력을 누릴 행운, 혹은 자격

네 공원에서 산책도 했다.

소미소는 여전히 밝고 상냥했으며 기운이 넘쳤다. 어두운 죽음의 그림자가 드리우는 것도 모른 채 나를 보는 얼굴이 백옥반같이 환하게 빛나기만 했다. 외려 그림자가 짙게 드리운 쪽은 나였다. 소미소한테 사실을 말해야 하는데, 혹시 모르니까 삶을 정리할 시간을 줘야 하는데, 그러지 못했다.

하루는 소미소와 산책하다가, 내가 떠보듯 물었다.

"만약 네가 언제 죽을지 정확히 알 수 있다면, 넌 어떨 것 같아?"

"갑자기?"

"그냥, 만약에."

"음……."

잠시 골똘히 생각하던 소미소가 대답했다.

"난, 싫을 것 같아."

"왜?"

"죽을 날을 알면, 죽는 날까지 계속 무서울 테니까. 죽음에 대한 불안감이나 압박감 때문에 아무것도 손에 안 잡힐 것 같거든. 그럼 너무 괴로워서 빨리 죽고 싶을 것 같아."

그래서 말하지 않았다. 하루하루 고통 속에서 살게 하고 싶지 않으니까. 하루라도 더 웃기를 바랐다. 그렇게 소미소

가 평소처럼 웃고 떠드는 시간을 보내는 동안, 나는 소미소를 살릴 방법을 찾아 내 자리에서 묵묵히 고군분투했다.

  소미소와는 디데이 날에 만나기로 약속을 미리 잡아 두었다. 벽돌을 쌓듯 차곡차곡 일을 진행시켰다. 목요일 저녁에는 보스 카페로 갔다. 털보 아저씨와 나는 커피를 마시며 계획을 점검했다. 모든 일이 계획대로 흘러가지는 않겠지만, 우리의 계획은 대략 이랬다.

  토요일 당일, 내가 약속 시간보다 일찍 가서 소미소의 집 앞에서 대기한다. 가급적 동네를 벗어나지 않고 최대한 안전하고 조용한 장소에서 데이트한다. 예를 들면 공원이나 도서관. 만약 카페나 식당을 가더라도 경찰서, 지구대, 소방서, 병원 같은 시설과 인접한 곳으로.

  데이트 시간은 가능한 자정까지로 한다. 그 전에 소미소의 부모님께 연락이 오면 집에 들여보내지만, 집 앞이 아니라 부모님이 계신 집 안까지 데려다준다. 눈치가 보이겠지만 그날은 꼭 그래야만 하니까. 그 후로 자정까지 소미소의 집 앞에서 보초를 서면서 남은 하루를 빈틈없이 방어한다. 그리고 이 모든 과정에서 위기 상황이 닥치면 곧바로 신고할 수 있도록 털보 아저씨가 소미소와 내 뒤를 은밀히 밟는다.

부족하거나 빠진 부분은 없는지 다시 한번 확인하며 아저씨와 이야기를 나눈 뒤에 나는 카페를 나섰다. 그리고 집까지 절반쯤 걸어갔을 때였다. 소미소에게서 전화가 걸려 왔다.

"담아, 진짜 미안한데 우리 약속한 거, 하루만 미루면 안 될까? 토요일에 애들이랑 놀이공원 가기로 했었는데 완전 까먹고 있었어. 한 달 전에 잡은 약속이거든. 애들이 표를 예매했다고 방금 연락 와서 지금 생각났어. 진짜 미안해."

소미소가 미안하다며 거듭 사과했다. 우뚝 멈춰선 나는 몇 번이나 입술을 달싹였지만, 결국 한마디도 하지 못했다. 목소리에 미안함이 뚝뚝 묻어나는 소미소에게 안 된다고, 그날만큼은 나랑 꼭 같이 있어야 한다고 무작정 우기는 것도 어쩐지 꼴사나웠다. 또, 그럴 명분도 없었다. 나는 일단 알겠다고 말하며 전화를 끊었다. 그리고 곧장 몸을 돌려 털보 아저씨의 카페로 향했다.

"그날 미행, 아저씨랑 저랑 같이 해야겠는데요."

빗자루로 바닥을 쓸다 말고 눈이 휘둥그레진 아저씨에게 나는 바뀐 상황을 설명했다. 그리고 우리는 다시 차분히 앉아서 계획을 전면 수정해야 했다.

내 안에서 거대한 혼란의 소용돌이가 휘몰아치는 가운데

시간은 성실히 흘러갔고, 어느새 디데이를 하루 앞둔 금요일 밤이 되었다.

침대에 누운 나는 온통 내일, 내일에 대한 생각뿐이었다. 언제 어떤 형태로 나타날지 전혀 종잡을 수 없는 수만 가지 상황과 그에 맞는 대응책을 그리며 열심히 시뮬레이션을 돌렸다. 머릿속에서 소미소가 다양한 모습으로 죽고 또 죽었다. 그러다 문득 동우 생각이 스쳤다. 나는 질끈 눈을 감았다. 애써 덮어 뒀던 거대한 두려움이 나를 집어삼킬 듯 순식간에 밀려왔다.

심장이 불안정하게 뛰기 시작했다. 솔직히 무서웠다. 그러나 두려움에 발목 잡혀 주저앉아 버리는 건 스스로 용납할 수 없었다. 소미소의 죽음을 회피하고 방관하는 건 죽기보다 싫었다. 정신을 똑바로 차려야 했다. 나는 턱에 힘을 주고 이를 악물었다. 이번엔 다를 거라고, 무슨 일이 있어도 내가 반드시 살려낼 거라고, 끊임없이 자기 최면을 걸면서 두려움을 털어내고 마음을 다잡았다.

이런저런 생각을 하는데 슬슬 눈이 감겨 왔다. 핸드폰을 보니 어느덧 새벽 다섯 시가 다 되어 가고 있었다. 잠깐이라도 눈을 붙여야 했다. 나는 베개에 얼굴을 파묻고 희붐하게 밝아오는 방 안에서 억지로 잠을 청했다.

175

원래 푹신한 베개에 머리만 대도 금방 잠이 드는 나였지만, 오늘은 밀려드는 긴장감 속에서 선잠을 겨우 잤을 뿐이었다. 알람이 울리기도 전에 잠이 깼다. 나는 이불을 정리하고 침대에서 일어났다. 수면 부족으로 몸이 약간 찌뿌둥했지만, 조급한 마음 때문인지 정신은 어느 때보다 날카롭고 또렷했다.

샤워를 마친 나는 머그잔에 우유와 초콜릿을 넣고 전자레인지에 돌렸다. 그리고 보글거리는 우유와 적당히 말랑해진 초콜릿을 휘휘 저어서 섞은 다음, 천천히 마셨다. 따뜻하고 달달한 게 들어가니 마음이 좀 차분해지는 것 같았다.

준비를 마치고 드디어 집을 나섰다. 눈부신 초여름 햇살이 거리에 부서져 내리고, 풀과 나무를 품은 바람이 곳곳에서 불어오며 초록 향을 솔솔 풍겼다. 거리를 지나는 사람들의 얼굴은 오늘따라 어둠 한 점 없이 빛나고 설레 보였다. 기분 좋은 온도와 습도, 청량한 하늘과 구름, 즐거운 사람들. 모든 게 그림같이 완벽한 풍경이었다. 그것과 극명한 대조를 이루는 그림자를 얼굴에 매단 채, 나는 소미소가 사는 아파트 입구에 도착했다. 그리고 얼마 지나지 않아 털보 아저씨가 나와 비슷한 표정으로 나타났다.

"일찍 왔네. 잠은 좀 잤냐?"

다크서클이 판다처럼 짙게 내려온 아저씨가 물었다.

"적당히요. 아저씨는요?"

"나도 뭐. 적당히."

무심한 말끝에 털보 아저씨의 콧구멍이 벌렁벌렁 부풀고 얼굴 수염이 꿈틀거렸다. 결국 터져 나오는 하품을 참지 못한 아저씨가 입을 쩍 벌리고 늘어지게 하품을 쏟아 냈다.

"흐으으아암. 실은 거의 밤 샜다, 생각이 많아서. 너도 그랬겠지만."

"……."

"모쪼록 우리, 오늘 잘 해결하고 집 가서 푹 자자."

내 어깨를 툭 치면서 아저씨가 씩 웃었다. 나는 비장한 얼굴로 고개를 끄덕였다. 그리곤 아저씨에게 뭔가 말하려는 그때였다.

"나 지금 나왔어! 응응. 한 시간 정도?"

소미소의 목소리였다. 화들짝 놀란 내가 재빨리 아저씨를 붙잡고 건물 옆으로 몸을 숨겼다. 잔뜩 긴장한 나는 숨을 죽인 채 고개만 살짝 내밀었다. 소라색 반팔티에 청바지를 입은 소미소가 어느새 건물 밖으로 나와 있었다. 다행히 이쪽은 보지 못한 것 같았다. 누군가와 통화 중인 소미소의 머리 위로 숫자 '0'이 떠 있었다.

이따 보자는 말과 함께 전화를 끊은 소미소가 천천히 아파트 단지 입구를 향해 걸어갔다. 아저씨와 나는 서로 짧게 눈을 맞추며 신호를 주고받았다. 그리고 곧장 소미소의 뒤를 조용히 쫓기 시작했다. 최대한 먼 거리를 유지하면서도, 소미소와 소미소를 둘러싼 모든 주변 상황에 우리는 즉각 대응할 태세를 취하며 온 신경을 곤두세웠다.

소미소가 정류장에서 마을버스를 탔고, 지하철로 환승했고, 얼마 뒤 지하철에서 내렸다. 우리도 정확히 같은 동선을 밟으며 소미소를 따라 열심히 움직였다. 화창한 주말답게 어디든 사람들이 바글바글해서 정신을 바짝 차려야 했지만, 덕분에 눈에 띄지 않고 쉽게 미행할 수 있었다.

잠시 후, 야외 놀이공원에 도착했다. 소미소가 걸음을 늦추며 주위를 두리번거리기 시작했다. 시야에 잡힐 세라, 아저씨와 나는 반사적으로 고개를 확 숙였다. 죄라도 지은 사람처럼 순간 심장이 벌렁거렸다.

"내가 표 사 올 테니까, 담이 넌 여기서 좀 지켜보고 있어. 놓치지 말고."

놀이공원 입구에 곧게 서서 누군가와 통화 중인 소미소를 부리부리한 눈으로 주시하며 털보 아저씨가 말했다. 나는 아저씨를 향해 짧게 고개를 끄덕인 뒤, 다시 소미소에게 시선을 고정했다.

아저씨가 표를 사러 가고, 근처 적당한 위치에 숨어 선 나는 멀찍이서 소미소를 지켜봤다. 들뜬 얼굴로 친구들을 기다리는 소미소의 머리 위에 떠 있는 선명한 숫자가 보였다. 가슴이 답답해진 나는 무거운 한숨만 연신 내뱉었다.

오늘의 놀이공원은 내게 '꿈과 환상의 나라'가 아니라 '꽃으로 장식된 지옥'처럼 느껴졌다. 갑자기 화재가 일어나는 건 아닐까, 비행기가 추락하는 건 아닐까, 이상한 사람이 소미소를 해코지하는 건 아닐까 하는 별별 생각이 다 들었다. 안 좋은 상상은 꼬리를 물고 끝도 없이 이어졌다. 하늘도, 땅도, 사람도 전부 위험하게만 보였다. 마음이 자꾸 초조해졌다. 안전과민증에 걸린 사람처럼 나는 주변을 살피고 또 살폈다. 그러다 문득 놀이공원 피난 안내도가 눈에 들어왔다. 잠깐만 본다는 게, 나도 모르게 대피로와 소화기 위치까지 넋 놓고 읽고 있었다. 그렇게 안내도를 보고 있는데, 뭔가 이상한 낌새가 느껴졌다.

무심코 고개를 들었다. 소미소가 바로 눈앞에 있었다. 나는 헉 하고 숨을 들이마셨다. 순간 다리에 힘이 풀릴 뻔했다.

"너, 여기서 뭐해?"

놀란 토끼 눈을 한 소미소가 어리벙벙한 표정으로 물었다.

"어? 어, 그게……."

마땅한 대답을 찾지 못한 나는 입술만 벙긋거렸다. 등에서 식은땀이 쫙 흐르는 게 느껴졌다. 완벽한 미행이라고 생각했는데 이렇게나 빨리 들킬 줄이야. 이제 어쩌지? 아니, 일단 뭐라고 둘러대지? 아, 이건 계획에 없었는데…….

우물쭈물하고 있는데, 소미소의 동그란 두 눈이 이젠 내가 아니라 내 뒤쪽을 향하고 있었다. 뒤를 돌아보자 입장권을 손에 든 털보 아저씨가 나보다 더 당황한 얼굴로 어색하게 굳어 있었다. 나란히 고장 난 아저씨와 나. 이건 뭐, 누가 봐도 수상쩍은 조합이었다.

"누구……."

털보 아저씨와 나를 번갈아보며 소미소가 말끝을 흐렸다. 물음표 가득한 갈색 눈동자는 곧 나를 향했다.

"친……."

나는 대답하려다가 급히 말을 삼켰다. 하마터면 친구라고 말할 뻔했다. 물론 친구 관계에 나이는 중요하지 않을 뿐더러 아저씨와 내가 친구인 건 맞았다. 하지만 소미소가 보기엔 아저씨와 내가 친구로 묶이는 게, 더 자세히는, 주말에 남

180　　　　능력을 누릴 행운, 혹은 자격

자 둘이서 놀이공원에 놀러온 모양새가 좀 이상해 보일 수도 있었다. 우리 사이를 어떻게 소개할지 잠시 고민하는 사이에 털보 아저씨가 먼저 나섰다.

"안녕하세요? 담이가 우리 카페 단골이라 친해졌거든요. 근데 얘가 놀이공원을 한 번도 안 가 봤대서, 마침 오늘 가게 쉬는 날이라 같이 왔어요."

평소와는 다른 친절한 말투와 표정으로 털보 아저씨가 임기응변을 발휘했다. 이어 씩 웃어 보이는 아저씨의 얼굴 근육이 살살 떨리는 게, 꼭 감정 표현을 막 배운 로봇 같았다. 어울리지 않은 아저씨의 모습에 손발이 다 오그라들었다. 그런데 다행히 소미소는 아니었나 보다. 얼굴에서 당황한 빛이 스르르 풀어지는 걸 보면.

"아, 안녕하세요! 저는 담이 친구예요."

소미소가 활짝 웃으며 아저씨에게 인사를 건넸다. 그리고 동그란 눈으로 물었다.

"근데, 카페 사장님이신가 봐요. 어디 카페예요? 저희 동네예요?"

"네, 매여울고등학교 뒷골목에 있어요."

"와! 빵도 팔아요?"

사근사근하게 대화를 이끌어 가는 소미소 특유의 친화력

에 털보 아저씨도 금세 편안한 얼굴을 되찾았다.

"미소야!"

잠시 잡담을 나누고 있는데, 어디선가 낯익은 목소리가 들려왔다. 우리 셋은 동시에 고개를 돌렸다.

저 멀리 사람들 사이로 이소현과 박은진이 팔랑팔랑 손을 흔들며 이쪽으로 걸어오고 있었다. 점점 거리가 좁혀지자, 뒤늦게 나를 알아본 이소현과 박은진의 얼굴에서 웃음기가 싹 가셨다. 그리고 떫은 표정으로 저들끼리 열심히 무어라 쏙닥거리면서 다가왔다.

"얘가 왜 여기에……."

눈썹을 찡그린 이소현이 나를 힐끗 보더니 기분 나쁜 듯 시선을 돌렸다. 한동안 우리들 사이에 썰렁한 기운이 감돌았다. 분위기가 바닥을 향해 빠르게 가라앉는 와중에, 소미소가 통통 튀는 목소리로 정적을 깨뜨렸다.

"음, 기왕 이렇게 된 거 우리 같이 놀까?"

해맑은 눈을 반짝이는 소미소와 달리, 이소현의 얼굴은 단박에 흙빛으로 변했다. 둘의 온도 차이는 언제 봐도 적응이 안 됐다. 아무튼 나로서는 차라리 잘 된 일이었다. 오늘 소미소에게 어떤 사고가 벌어지든, 멀찍이서 미행하는 것보다 당연히 바로 옆에서 대처하는 게 훨씬 수월할 테니까.

능력을 누릴 행운, 혹은 자격

그러자고 내가 얼른 고개를 끄덕이는데, 이번에는 뒤에서 목소리가 튀어나왔다.

"아, 잘됐네. 너희들끼리 놀아라."

"네?"

난데없는 털보 아저씨의 말에 나는 깜짝 놀라 뒤를 휙 돌아보았다.

"실은 내가 고소공포증이 있어서 놀이 기구를 못 타거든. 너희도 나 빠지면 짝이 딱 맞잖니."

"아저씨, 그래도……."

"나는 표 끊은 김에 구경만 좀 하다 갈 테니까 너희끼리 재밌게 놀아라. 자, 얼른 가."

아저씨가 등을 떠미는 바람에 나는 맥없이 소미소 쪽으로 한 발짝 밀려났다.

"적당히 좀 해."

우리끼리 북 치고 장구 치는 꼴을 보다 못한 이소현이 찬물을 확 끼얹었다. 그런데 이소현의 살기 어린 눈동자가 향한 곳은 내가 아니라 소미소였다.

"뭐?"

소미소의 한쪽 눈썹이 미세하게 꿈틀거렸다. 갑작스러운 상황에 박은진과 내가 양쪽 눈치를 살피는 사이, 이소현이 싸늘하게 식은 목소리로 말했다.

"우리 이거 한 달 전에 잡은 약속이야. 근데 이런 날까지 꼭 쟤를 데려와야 돼? 우리한테 묻지도 않고."

"아니, 내가 데려온 게 아니고……."

"너 쟤랑 뭔데? 우리보다 친해? 아니면 뭐, 썸이라도 타?"

"……."

"쟤가 대체 뭐라고 이렇게까지 챙기는 거냐고!"

일방적으로 쏘아붙이던 이소현의 눈빛이 점점 울분에 차올랐다.

"소현아, 그게 사실은…… 이렇게 말하려던 건 아닌데……."

문득 결심한 듯 소미소가 내게 팔짱을 끼더니 조심스레 말했다.

"우리, 사귀기로 했어."

소미소의 폭탄 발언에 순간 정적이 흘렀다. 당황한 건 나도 마찬가지였다. 이래도 되는 건가 싶어 힐끔 돌아보니, 이소현 얼굴에 당황한 기색이 역력했다.

"……."

금방이라도 폭발할 것 같았던 이소현의 눈동자가 돌연 그 대상을 잃고 사정없이 흔들렸다. 상황을 파악하는 데 시간이 걸리는지 잠시 아무 반응 없이 서 있던 이소현은, 이내 나를

능력을 누릴 행운, 혹은 자격

밀치고는 성큼성큼 입장 게이트 쪽으로 걸어갔다.

"소현아! 소현아아아!"

소미소가 이소현을 부르며 곧장 뒤를 쫓아 달려갔다. 그리고 내 옆에서는 박은진이 고개를 절레절레 흔들었다.

"에휴, 일단 가자."

박은진이 짧게 한숨을 쉬며 나를 보고 말했다.

"어? 어."

주춤주춤 박은진을 따라가면서도, 나는 눈을 크게 뜨고 자꾸만 털보 아저씨가 있는 뒤를 돌아봤다. 아저씨는 '괜찮아. 계속 지켜보고 있을게'라고 말하듯 한 치의 흔들림 없는 눈빛으로 나를 보며 고개를 천천히 끄덕였다.

시작부터 모든 상황이 계획대로 흘러가지 않는 게 짐짓 불안했지만, 일단 나는 놀이공원에 입장했다. 소미소가 이소현 옆에 찰싹 달라붙어 애교를 부리며 기분을 풀어 주려 애쓰는 동안, 박은진과 나는 뒤에서 벌쭘하게 따라갔다. 그리고 얼마 뒤, 소미소의 어떤 말에 풀린 건지 이소현이 피식 웃는 게 보였다. 두 무리로 떨어져 걷던 우리 넷은 그제야 자연스럽게 일행으로 합쳐질 수 있었다.

가족 단위로 몰려든 사람들로 빽빽하게 들어찬 주말의 놀이공원은 예상보다 훨씬 더 붐비고 시끌벅적했다. 사람이 많으면 사건 사고도 많아지는 법이라 매순간 긴장을 늦출 수 없었다. 나는 한눈팔지 않고 계속해서 주변을 하나하나 세심하게 예의주시하면서 동행했다.

놀이공원에 들어오고 얼마 안 있어 눈길을 끄는 커다란 분수대가 나왔다. 화려한 문양으로 조각된 분수대 위에는 거대한 사자 동상이 서 있고, 그 아래에서 물에 흠뻑 젖은 어린아이들이 소리 지르며 뛰놀고 있었다. 분수대 주변으로는 색색의 꽃들이 흐드러지게 피어올라 있었다. 꽃 사이로 군데군데 솟은 녹색 풀들이 싱그러움을 더했다. 놀이공원에서 작정하고 포토 존으로 꾸며 놓은 공간 같았다. 그래서인지 분수대 앞은 유난히 사진 찍는 사람들로 분주했다.

"우리도 사진 찍자!"

잔뜩 신이 난 소미소가 이소현과 박은진의 팔을 잡아끌고 사람들을 가로질러 분수대 쪽으로 총총 걸어갔다.

"담아, 너도 와!"

분수대 앞에서 소미소가 나를 불렀다. 나는 고개를 가로저었다.

"아니, 난 됐어. 내가 찍어 줄게."

내가 주머니에서 핸드폰을 꺼내 들자 셋은 익숙하게 팔짱을 끼더니 내 쪽을 향해 포즈를 취했다. 한 장만 찍는 건 줄

　　　　　　　　능력을 누릴 행운, 혹은 자격

알았는데 표정과 자세가 적극적으로 바뀌고 또 바뀌었다. 나는 사진 찍는 손을 멈추지 못하고 계속 찍었다.

찰칵, 찰칵, 찰칵.

그런데 그때 분수대에서 예고 없이 물이 뿜어져 나오기 시작했다. 셋을 비롯해 분수대 밑에서 사진을 찍던 사람들이 꺄 소리를 지르며 몸을 피하고, 사방에서 환호성이 터져 나왔다. 더위를 날리듯 시원하게 솟구치는 물방울들이 햇살에 부서져 유리알처럼 반짝였다. 나는 양손으로 머리와 옷을 털고 있는 소미소를 가만히 응시했다. 그러다 문득 고개를 든 소미소와 눈이 마주쳤다. 생기 넘치는 얼굴로 나를 보며 환하게 웃고 있었다. 나도 따라 실없이 웃고 말았다.

붐비는 사람들 때문에 놀이 기구를 하나 타는 데에도 한두 시간을 기다려야 했다. 그래도 아이스크림이나 추로스 같은 간식을 먹고, 수다를 떨고, 사람들을 구경하면서 기다리는 시간이 나름 재미있었다. 내내 나와 눈도 안 마주치고 퉁명스럽게 구는 이소현과 다르게, 소미소는 밝고 시원시원하게 대화를 이끌면서 우리가 하나인 것처럼 느끼게 했다. 소풍 나온 아이처럼 신난 소미소의 얼굴에서 웃음이 떠나질 않았고, 그 미소는 시간이 갈수록 진해졌다.

한편, 문득문득 털보 아저씨를 찾아 불안한 눈으로 주위를

187

두리번거릴 때마다 아저씨는 한 번도 빠짐없이 내 시야에 들어왔다. 그렇게 몇 번을 확인하고 또 확인한 후에야 나는 한결 마음이 놓였다. 혼자가 아니라는 사실만으로도 큰 힘이 됐다. 듬직한 바위 같은 아저씨 덕분에 이 와중에도 아주 조금은 숨을 쉴 수 있었고, 아주 조금은 이 시간을 즐길 수도 있었다.

모노레일에 이어 롤러코스터와 회전 바구니를 탔다. 나는 별로 배가 안 고팠지만 여자애들이 자꾸 이것저것 간식을 찾아서 우리는 또 수박 에이드와 컵 떡볶이까지 사 먹었다. 그러고 나서 귀신의 집과 바이킹이 있는 길목으로 들어섰을 때, 소미소가 바이킹 쪽을 가리키며 외쳤다.

"우리 저거 타자!"

말 잘 듣는 강아지처럼 나는 순순히 바이킹을 향해 몸을 돌렸다. 그런데 박은진이 난감하다는 듯 중얼거렸다.

"바이킹은 좀 무서운데……."

"그럼 귀신의 집을 갈까?"

이소현이 폐가처럼 꾸며 놓은 허름한 건물을 가리켰다.

"그건 더 싫어!"

귀신이란 말에 박은진이 질색팔색을 했다. 그러자 소미소가 빙긋 웃으며 말했다.

능력을 누릴 행운, 혹은 자격

"가운데 타면 덜 무서울 거야."

살살 구슬리는 말에 박은진은 생각보다 쉽게 넘어갔고, 우리는 길게 늘어선 바이킹 대기 줄을 향해 걸음을 옮겼다. 좀처럼 줄어들 기미가 보이지 않던 줄이 서서히 짧아지고, 드디어 우리 차례가 다가왔다.

"다음 분들 입장하실게요!"

바이킹 직원이 끈으로 막아 뒀던 입구를 열어 주며 외쳤다. 입구가 열리자마자 이소현과 박은진이 기다렸다는 듯 후다닥 가운데 자리로 가서 앉았다.

"우린 끝에 타자!"

의기양양한 얼굴로 소미소가 맨 뒷줄을 향해 성큼성큼 걸어갔다. 나는 얼결에 그 뒤를 얼른 따라갔다.

"안전 바, 안전 바 내려갑니다. 끝까지 내려 주세요."

자리에 앉아서 직원의 말에 따라 안전 바를 잡고 내리는데, 흔들리는 게 영 불안했다.

"이거, 고정된 거 맞아?"

"응? 아, 이거 원래 이래! 그래서 여기 바이킹 무섭기로 유명하거든. 스릴 있지 않아?"

"스릴에 목숨 걸고 싶지 않은데."

내 중얼거림을 못 들은 건지, 소미소는 해맑게 웃으면서 반대편에 마주 보고 탄 이소현과 박은진을 향해 열심히 팔을 흔들어 댔다.

잠시 후 직원이 바이킹을 가볍게 한 바퀴 쓱 돌면서 안전 바를 차례로 확인했다. 그런데도 이상하게 불안한 마음이 가시지 않았다. 여러모로 마음의 안정이 필요했던 나는 고개를 휙 돌려 털보 아저씨를 찾았다. 저 멀리서 양손에 핫도그와 콜라를 든 아저씨가 내 쪽을 보며 너글너글한 미소를 보냈다.

"자, 출발합니다. 신나게 신나게!"

스피커에서 안내 방송이 나왔다. 명랑하게 외치지만 뭔가 잠결인 듯 피곤이 가득한 목소리. 바이킹이 슬슬 움직이기 시작했다. 바로 전에 빙글빙글 도는 회전바구니를 타고 온 탓인지 벌써부터 머리가 어지러운 것 같았다. 그 와중에 안전 바는 왜 이리 덜컹거리는지.

"꺄아아! 시원해!"

옆에서 소미소가 즐거운 탄성을 내지르며 두 손을 머리 위로 쭉 뻗어 올렸다. 반면에 나는 헐거운 안전 바 때문에 자꾸만 들썩거리는 엉덩이에 온 힘을 주면서 안전 바를 꽉 붙들었다.

상승과 하강을 천천히 반복하던 바이킹은 점점 더 높은 곳을 향해 치솟았다. 마침내 절정을 달리며 반대쪽 하늘을 뚫

능력을 누릴 행운, 혹은 자격

을 듯 올라가던 바이킹이 다시 우리 쪽으로 수직선을 그리며 힘차게 솟아오르는 그때였다. 철컥.

불길한 소리가 내 귓바퀴를 날카롭게 할퀴었다. 안전장치 풀리는 듯한 묵직한 소리와 함께 잡고 있던 안전 바가 비정상적으로 가벼워지는 찰나, 손을 번쩍 올린 채 안전 바에만 간신히 붙들려 있던 소미소의 몸이 공중으로 붕 떴고, 그 모습이 슬로 모션으로 비쳤다.

"어, 어……!"

당황한 소미소의 눈이 커지는 그 순간, 세상이 완벽하게 멈췄다. 바이킹을 타는 사람들의 환호성, 놀이공원에 울려 퍼지는 시끄러운 음악 소리, 수많은 사람이 만들어 낸 온갖 소음과 소란, 그리고 공기의 흐름까지. 모든 것이 정지 버튼을 누른 것처럼 뚝 끊겼다. 아울러, 나는 어느새 소미소를 끌어안고 있는 나를 발견했다.

정신을 차렸을 땐 우리가 허공에 완전히 떠 있었다. 나는 소미소를 안은 채 본능적으로 몸을 확 웅크렸다. 곧바로 바닥을 향해 급격하게 추락했다. 저항할 수 없는 힘에 이끌려 떨어지는 동안 머릿속엔 단편적인 이미지들이 순식간에 스쳐 지나갔다. 내게 전부였던, 소중했던, 고마웠던, 미안했던 사람들. 죽기 직전에 파노라마처럼 펼쳐진다는 그것. 흐려지는 의식 속에서 나는 죽겠구나 직감했다. 마지막 힘을 다해 소미소를 껴안고서 모든 의식을 집중해 마음속으로 외쳤다. 제발 소미소만은 살려달라고. 내 결심이, 내 희생이, 내 삶이, 최소한 무의미하게 끝나진 않게 해 달라고. 극에 달한 나의 간절함이 우주 어디로든 가 닿기를 빌었다.

쿵 소리와 함께 온몸이 으스러지는 듯한 끔찍한 고통이 나를 덮쳤다. 몸이 어딘가에 부딪히고 튕겨져 나가 회전하는 동안에도 나는 품에 안은 소미소를 놓치지 않으려 기를 썼다. 나도 모르게 맺힌 눈물방울이 바람결에 흩어졌다. 다음 순간, 짧고 둔탁한 소리와 함께 머리가 울렸다. 몸에서 무언가가 홀연히 빠져나가는 감각을 끝으로 의식이 끊어졌다.

오랜만에 긴긴 잠에 빠져들었다. 첫 번째 꿈속에서 나는 아주 작고 어린 몸으로 변해 있었다. 내가 선 곳은 깨끗하고 아늑한 집이었다. 엄마 아빠와 함께 살던 옛날의 우리 집. 커다란 거실 유리창으로 부드러운 햇살이 흘러 들어왔다. 거실 바닥에 앉아 꼬물거리며 장난감을 갖고 놀고 있는데, 아빠가 다가왔다. 아빠가 두 손으로 나를 번쩍 들어올렸다. 그 품안

능력을 누릴 행운, 혹은 자격

에서 뱅글뱅글 돌면서 나는 깔깔 소리 내 웃었다.

　화면이 갑자기 바뀌더니 밖이었다. 누군가와 둘이서 어딘
가를 향해 걷고 있었다. 걸음이 느린 내가 뒤처지자 앞서 걷
던 이가 나를 돌아보았다. 엄마였다. 엄마가 따뜻한 눈동자
로 나를 바라보며 한쪽 손을 내밀었다. 여름 햇빛을 머금은
엄마의 얼굴이 찬란하게 반짝였다. 그 얼굴을 잠시 멍하니
올려다보다가 엄마가 내민 손을 잡은 나는 다시 아장아장 걸
음을 이어갔다.

　또 장소가 바뀌었다. 이번엔 할머니 집이었다. 할머니가 숟
가락으로 내 밥을 비비고 있었다. 계란프라이를 두 개 올린
비빔밥에서 구수한 냄새가 났다. 차츰 몽롱해졌다. 다음 꿈
으로 넘어가나 싶었지만, 여전히 할머니 집이었다. 대신 장
면이 바뀌었다. 할머니가 종이에 한자를 한 글자 크게 적더
니 내게 보여 주었다. '坛(항아리 담).' 내 이름이었다. 글자에
담긴 의미대로 많은 사람을 품고 살라며 할머니가 내 머리를
쓰다듬었다. 무슨 말인지도 모르면서 고개만 끄덕거린 나는
할머니 옆에 누워 뒹굴거렸다. 불쌍한 우리 강아지, 하면서
할머니가 나를 껴안았다. 순간 풍기는 고소한 참기름 냄새가
좋아서 나는 할머니 품으로 깊이 파고들었다.

　다음 장면에서는 동네 떠돌이 개 앞에서 하얗게 얼굴이 질

린 채 바들바들 떨고 있는 어린 소미소가 나왔다. 이어서 함께 축구하다가 나를 돌아보며 장난스럽게 씩 웃는 동우, 은은한 달빛 아래 멀거니 서서 동우 집 쪽을 물끄러미 바라보다 힘없이 돌아서는 내 모습이 차례로 이어졌다.

칼로 자른 듯 조각난 수많은 장면들이 휙휙 모습을 바꿔가며 눈앞에 역동적으로 펼쳐졌다. 이 모든 게 꿈이라고만 생각했다. 오늘따라 48색 크레파스처럼 꿈이 참 다채롭다 싶었다. 그러다 어느 순간 문득 기분이 이상해졌다. 지금 내가 있는 곳이 이승인지, 저승인지, 아니면 몽중인지, 현실인지 헷갈리기 시작했다. 진공 상태에 놓여 있는 것처럼 몸엔 감각이 없었고 공중에 붕 떠 있는 느낌이 들었다.

"담아, 제발…… 눈……."

알아듣기 힘든 목소리가 깊은 바닷속처럼 먹먹하게 귓가를 울리는 순간, 흐물흐물했던 온몸에 힘이 들어갔다. 나는 천천히 눈을 떴다.

제일 먼저 보인 것은 흰색 천장이었다. 내 왼쪽 팔에 연결된 링거도 얼핏 보였다. 병원인 듯했다. 몸을 일으켜야 하는데, 바닥에서 누가 잡아끄는 것처럼 움직일 수가 없었다. 몸이 내 의지대로 따라 주지 않으니 당황스러웠다. 어쩔 수 없이 나는 경련하듯 고개만 살짝 옆으로 돌렸다.

"담아! 정신이 들어?"

어지럽게 흔들리는 시야에 붉게 충혈된 두 눈을 크게 부풀리며 나를 보는 소미소가 흐릿하게 들어왔다. 그 옆에는 이소현이 서 있었다. 둘 다 교복 차림이었다.

"잠깐만 있어. 내가 의사 선생님 모셔올게!"

소미소가 급하게 병실을 나가고, 병실 안에는 정적이 흘렀다. 몸은 여전히 말을 듣지 않았다. 가만히 옆을 보니, 이소현이 걱정과 원망이 뒤섞인 혼란스러운 얼굴로 나를 보고 있었다. 아직 정신이 온전하지 않았지만 그래도 왠지 이 말은 꼭 해야 할 것 같아서, 나는 마른 입술을 힘겹게 뗐다.

"그때는…… 미안했어."

힘을 쥐어짜 간신히 말을 내뱉었다. 그러자 이소현의 눈동자가 사정없이 흔들렸다. 할 말을 찾지 못하고 입술만 씰룩이는 이소현의 얼굴이 이리저리 뒤틀렸다. 그러다 눈앞이 점점 희미해졌다. 몸에 힘이 빠지면서 자꾸만 눈이 감겼다.

"이쪽이에요!"

곧이어 소미소가 의사 선생님을 모시고 병실로 뛰어 들어왔다. 나는 감기는 눈을 겨우 뜨고서 소미소를 봤다. 그리고 소미소의 머리 위에 적힌 디데이가 바뀌어 있는 걸 확인하자마자, 안도감이 밀려왔다. 그 순간 경직돼 있던 얼굴과 몸의 근육이 스르르 맥없이 풀어지는 게 느껴졌다. 의지와 상관없이 눈꺼풀이 무겁게 내려오면서 졸음이 쏟아졌다. 온몸을 짓누르는 묵직한 피로감을 이기지 못한 나는 까무룩 다시 정신을 잃었다.

꿈꿔본 적 없던 미래
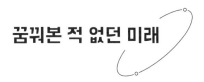

사고를 당한 직후 나는 꼬박 삼일을 누워 있다가 잠깐 눈을 떴다고 한다. 그러다 다시 정신을 잃었고, 죽은 사람처럼 꼼짝도 하지 않은 채로 하루 더 눈을 감고 있었다고.

의사로부터 다발성 골절과 갈비뼈 골절, 그리고 뇌진탕 진단을 받았다. 추락하면서 놀이 기구 하단에 후두부를 부딪쳤지만 다행히 뇌에는 큰 손상이 없었다. 의사는 천만다행이라며 심각한 내출혈 없이 가벼운 뇌진탕과 골절 정도로만 다친게 기적이라고 덧붙였다.

내가 탔던 바이킹은 운행이 일시 중단되었다. 경찰 수사 결과, 직원의 안전불감증이 사고의 직접적인 원인으로 드러났다. 안전 바 양쪽에 달린 고정 장치 중에 한쪽이 고정되지 않았는데, 그 상태로 기계 작동 버튼을 눌렀던 것이다.

"전날 제가 술을 좀 먹었거든요⋯⋯. 술이 덜 깼었나 봐요."

해당 직원은 안전 의무 소홀과 과실치상 혐의로 재판에 넘겨졌다. 경찰 관계자는 놀이공원 측이 직원 안전 교육을 제대로 했는지와 놀이 기구 안전 관리에는 문제가 없었는지 등을 추가로 조사할 계획이라고 밝혔다. 사고가 이슈화되면서 '두 사람의 목숨을 앗아갈 뻔한 한순간의 실수', '바이킹 운행 중지, 이유는 음주 사고', '바이킹에서 공중부양! 아찔한 순간', '우리 사회에 만연한 안전불감증' 등 다양한 제목의 영상들과 기사들이 앞다퉈 쏟아져 나왔다.

정신을 차린 후에도 나는 한동안 병원에서 생활했다. 심하게 다친 건 아니라서 통증은 생각보다 견딜 만했지만 똑바로 일어나는 것부터 걷는 동작, 허리를 움직이는 간단한 동작까지 전부 처음부터 다시 익혀야 했다. 태어나 처음 겪는 일이었고, 모든 게 새롭게 느껴졌다.

그중에 가장 낯선 일은 생각지도 못했던 병문안 행렬이었다. 한 달 남짓한 시간 동안 많은 사람이 나를 찾아왔다. 털보 아저씨와 소미소는 거의 매일같이 와서 아기 보살피듯 살뜰하게 챙겨 줬다. 이소현과 박은진도 종종 병실 문을 열고 주

뻣뻣 들어와 안부 인사를 했는데, 병원 밥은 맛없지 않냐며 햄버거나 피자 같은 간식들도 가끔씩 손에 들고 나타났다. 그뿐만이 아니었다. 딸을 살려 줘서 정말 고맙다며 내 손을 잡고 눈시울을 붉히는 소미소의 부모님, 그리고 담임 선생님과 부반장까지. 반 아이들 몇몇도 음료수나 과자를 사 들고 병문안을 왔다. 처음에는 나를 향한 뜨거운 관심이 정신 사납고 부담스러웠지만, 적응의 동물답게 사람들의 잦은 방문에도 서서히 익숙해져 갔다.

확실히 색다른 일상이었다. 병실 침대에 누워서 잘 보지도 않던 핸드폰과 TV를 실컷 봤다. 틈만 나면 먹고, 눕고, 쉬었다. 사람들의 관심과 걱정도 분에 넘치게 받았다. 하지만 편하고 좋은 것도 하루 이틀이지, 갈수록 좀이 쑤셔서 더는 견딜 수가 없었다. 병원에서는 두 달 정도는 입원한 상태로 치료 받기를 권했지만 나는 한 달 만에 해방을 외쳤다. 결국 통원으로 재활 치료를 착실하게 받겠다고 약속한 뒤에야 간신히 퇴원을 허락 받을 수 있었다.

"담아!"

퇴원 수속을 마치고 병원을 나오자, 교복 차림의 소미소와 이소현, 박은진이 병원 앞에서 기다리고 있었다.

"퇴원 축하해!"

소미소가 활짝 웃으며 내게 건넨 건, 노란 해바라기 꽃다발이었다.

"어…… 웬 꽃이야?"

"너 주려고 샀지! 예뻐서. 그리고 나는 담이 바라기니까?"

턱 밑에 손을 댄 소미소가 '꽃받침' 포즈를 취했다. 과감한 애정 표현에 나는 픽 웃었고, 이소현과 박은진은 못 볼 걸 봤다는 듯 표정이 구겨지다 못해 썩어 들어갔다.

"근데 지금 학교에 있을 시간 아니야?"

"맞아, 땡땡이 쳤어!"

내 물음에 소미소가 혀를 쏙 내밀고 웃었다. '소미소'와 '땡땡이'라. 어울리지 않는 조합이었다.

"농담이고, 조퇴 허가증 받았지. 요즘 너무 자주 조퇴하는 거 아니냐고 좀 혼나긴 했어. 그래서 오늘이 지이이인짜 마지막이라고 졸라서 겨우 온 거야."

"반장이 그래도 돼?"

내가 진지하게 물었지만 장난으로 받은 소미소가 까르르 소리 내어 웃었다.

꿈꿔본 적 없던 미래

그렇게 우리 넷은 천천히 걸음을 옮겼다. 다 같이 카페라도 가거나 각자 집으로 흩어질 줄 알았다. 그런데 아니었다. 소미소와 이소현, 박은진은 마치 경호원이라도 된 것처럼 내 옆에 딱 붙어서, 목발 짚은 나를 집까지 안전하게 데려다주었다. 그것도 모자라 집에 들어와 밥까지 차려 준다는 셋을, 나는 완강히 거절하며 돌려보냈다.

그 후로도 나는 꾸준히 재활 치료를 이어 갔고, 몸 상태는 점차 회복되어 갔다. 나이가 어려서 회복 속도도 빠른 것 같다며 의사 선생님은 짐짓 놀라워했다. 그리고 마침내 목발을 떼고 걸을 수 있게 된 날, 나는 소미소를 만나서 같이 털보 아저씨 카페로 향했다.

내가 병원에 있는 동안 털보 아저씨는 카페를 오픈해 본격적으로 영업을 시작했고, 온라인 홍보와 전단지 홍보로 눈코 뜰 새 없다고 입버릇처럼 말했다. 그러더니 며칠 뒤에는 벌써부터 단골손님이 생겼다고 자랑하며 수염을 홀홀 날렸다. 어둡고 퀴퀴했던 그 공간이 어떻게 손님들을 끌어들인다는 걸까. 직접 내 눈으로 확인하지 않고는 믿을 수 없었다.

오랜만에 찾은 보스 카페였다. 카페 문을 열자 경쾌한 풍경 소리가 울렸다. 순간, 나는 내 눈을 의심했다. 내부가 생각보다 너무 세련된 느낌으로 탈바꿈해 있었다. 카페는 전반적으로 조금 어두웠는데, 말 그대로 어둡기만 했던 예전과는 달리 은은한 조명들이 가게 안을 매력적으로 비추고 있었다. 예전에 아저씨가 했던 말이 생각났다.

'조명발 무시 못 한다. 조명만 완성되면 여기도 많이 달라 보일 거야.'

미심쩍었던 털보 아저씨의 말은 사실이었다. 그밖에도 카페는 이곳저곳 새롭게 꾸며져 있었다. 앙증맞고 반짝거리는 일반적인 카페 소품보다는 돌이나 바위, 커다란 갈대 같은 투박한 소품이 주를 이뤘고, 검은색 테이블과 의자들이 일정한 간격으로 깔끔하게 배치돼 있었다. 카페 한쪽에 조성해 놓은 작은 연못도 눈에 띄었다. 전체적으로 아늑하고 신비로운 동굴 느낌이 났다. 아저씨 취향에 맞게 훌륭한 변신을 마친 카페는 이제 먼지 섞인 습하고 퀴퀴한 냄새 대신 감미로운 빵과 커피 냄새가 가득했다. 아저씨의 말대로 카페 안에는 손님도 제법 많았다.

"우와, 여기 느낌 있다!"

옆에서 소미소가 두리번거리며 열심히 카페를 구경했다. 그러다 어느 순간, 소미소의 눈동자가 반짝 빛이 났다.

"빵이다!"

도토리를 발견한 다람쥐처럼 소미소가 곧장 카운터 쪽 진열대로 쪼르르 달려갔다. 나는 웃음을 삼키며 그 뒤를 따라갔다. 그런데 카운터에 있어야 할 털보 아저씨가 안 보였다. 그 대신 못 보던 커피 머신들이 열 지어 놓여 있었다. 그밖에 갖가지 조리 도구와 물건들은 역시나 무질서하게 자리를 차지하고 있었다.

"어, 휘낭시에다!"

어느새 허리 굽혀 무릎을 짚은 소미소는 진열대 안으로 빨려 들어갈 것처럼 빵에 집중했다.

"저거, 눈꽃 쇼콜라 페스츄리랑, 살구 라즈베리 타르트랑, 카스텔라 푸딩도 다 맛있어 보여!"

소미소가 맛을 상상하는 얼굴로 행복한 표정을 지었다. 역시 빵순이다운 격한 반응이었다. 데려오길 잘했다는 생각이 들었다. 나도 한번 베이커리 진열대를 자세히 살펴보았다. 페퍼로니 파이, 살구 라즈베리 타르트, 눈꽃 쇼콜라 페스츄리, 피넛 버터롤, 레몬 휘낭시에, 무화과 휘낭시에, 명란 크루아상, 우유 푸딩과 카스텔라 푸딩까지⋯⋯. 그동안 나를 실험 대상으로 쓰면서 맛을 보완해 개발한 여러 가지 빵들이 진열돼 있었다.

"어, 담이 왔냐? 미소도 왔네?"

진열대를 구경하고 있는데 드디어 털보 아저씨가 등장했다. 몸을 제꺽 일으킨 소미소가 아저씨에게 웃으며 인사했다. 나는 굳이 인사는 생략하고 물었다.

"어디 갔다 오셨어요?"

"화장실. 어휴, 오전 내내 손님이 몰려서 화장실도 제대로 못 갔다니까."

"그러게요. 손님 많네요. 안 믿었는데."

"사람이 믿음이 없어, 믿음이."

털보 아저씨가 너글너글 웃으면서 카운터 안으로 들어가 앞치마를 맸다.

"먹고 싶은 것들 골라 봐라. 처음 왔으니까 오늘은 특별히 뭐든 공짜로 내주마."

"정말요? 감사합니다!"

아저씨 말에 소미소가 냉큼 두 손을 모으고 호박 같은 눈을 반짝였다.

"안 그러셔도 되는데……."

말은 그렇게 했지만 나도 소미소를 따라 자연스레 진열대로 시선을 옮겼다. 그러다 세상 모든 행복을 다 떠안은 얼굴로 진열대를 살피는 소미소에게 눈길이 갔다.

나는 소미소에게 툭 말했다.

꿈꿔본 적 없던 미래

"네가 알아서 시켜. 난 상관없어."

다 아는 맛이라서 정말 상관없었다. 소미소가 고개를 끄덕이곤 진지하게 메뉴를 고민했다. 그러곤 결심한 듯 말했다.

"저희 레몬 휘낭시에랑 눈꽃 쇼콜라 페스츄리요!"

"마실 건?"

"아, 마실 건 돈 내고 먹으려고요."

"됐어. 오늘은 마실 것도 공짜니까 그냥 다 골라라."

"아……."

그래도 되나 싶은 얼굴로 소미소가 내 눈치를 봤다. 나는 고개를 끄덕이며 괜찮다는 신호를 보냈다.

"그럼 저희 아이스 아메리카노 마실게요! 감사합니다."

"그래, 앉아 있으면 갖다주마."

아저씨가 흡족한 얼굴로 커피 머신을 향해 돌아섰다. 그리고 소미소와 나는 창가 쪽 테이블로 가서 마주보고 앉았다.

딸랑. 딸랑. 딸랑. 딸랑.

소미소와 이야기를 나누는 동안, 손님이 들어오는 풍경 소리가 자주 들렸다. 화장실 갈 틈도 없다던 아저씨의 말은 이번에도 진짜였다. 아저씨는 계속 혼자 바쁘게 움직이면서도 간간이 나와 눈이 마주칠 때마다 익살스럽게 웃어 보였다. 우리와 수다를 떨고 싶어 입이 근질거리는 얼굴이었다.

MENU
o Americano 4.000
o Latte 4.500
o Vanilla Latte 5.000
o Cold brew 5.000
o tea 2.000

"자, 맛있게들 먹어라."

잠시 후 아저씨가 우리 테이블로 빵과 커피를 내 왔다.

"와, 진짜 맛있겠다. 감사합니다!"

행복한 탄성을 터트리며 소미소가 포크를 집어 들었다. 아저씨는 끙 소리를 뱉으면서 내 옆에 앉았다.

"잠깐 좀 앉았다 가자. 휴우, 오늘따라 손님이 엄청 몰리네."

"잘 되면 좋죠, 뭘."

"하여간 시크한 놈."

눈을 가늘게 뜬 아저씨가 나를 살짝 흘겼다.

"근데 이 정도로 잘 되면 직원 뽑는 게 낫지 않아요?"

내가 묻자 아저씨는 고개를 가로저었다.

"아직은 아니야. 좀 더 자리 잡고 나면 그때 뽑든가 해야지."

나는 고개를 살살 끄덕이면서 커피 빨대를 물었다.

"담아, 너 요리 좀 하냐? 정리정돈 같은 건?"

갑자기 아저씨가 면접관 모드로 내게 질문을 던졌다.

"뭐, 그런 건 제가 아저씨보단 잘할걸요. 어릴 때부터 할머니 도와서 집안일 했거든요."

"오, 그러냐? 내가 여태 인재를 못 알아봤네."

나를 보는 아저씨의 얼굴에 느닷없이 화색이 돌았다.

"할 거 없으면 나중에 여기서 일해라. 시급 많이 쳐 줄게."

"네?"

"그래, 진짜 해 봐! 나 네가 만든 빵 먹어 보고 싶어."

뜬금없는 제안에 당황한 나를 소미소가 한껏 들뜬 얼굴로 부추겼다.

"아뇨, 빵 만들 줄 몰라요. 커피도 만들어 본 적 없고요."

내가 단칼에 거절했지만, 아저씨는 아랑곳 않고 나를 설득했다.

"그런 이유라면 문제없다. 별 거 없거든. 칼만 다룰 줄 알면 나머지는 금방 배워. 나이 먹은 나도 배워서 이렇게 카페까지 열었잖냐."

"그래도⋯⋯."

"어, 그만 가 봐야겠다. 맛있게들 먹고."

카운터 앞에서 한 손님이 기웃거리자 반사적으로 몸을 일으킨 아저씨가 카운터 쪽으로 바삐 걸어갔다.

"생각해 봐, 담아. 잘할 것 같아. 뭔가 어울려."

빵을 포크로 찍어 입으로 가져간 소미소가 우물우물 입을 움직이면서 또 나를 부추겼다.

"뭐⋯⋯ 나중에."

　　　　　　　　　　꿈꿔본 적 없던 미래

나는 자신 없는 목소리로 모호하게 얼버무렸다. 그러면서 머릿속으로는, 단 한 번도 꿈꿔본 적 없던 나의 미래를 잠시 상상해 보았다. 적당한 긴장과 알 수 없는 흥분이 발끝부터 심장까지 기습적으로 차올랐다. 잠깐의 상상만으로도 심장이 찌르르해지는 게 기분이 아주 묘했다.

딸랑.

그때였다. 활기찬 풍경 소리와 함께 문이 열렸다. 익숙한 얼굴들이 카페 안으로 들어왔다. 이소현과 박은진이었다.

"어? 뭐야!"

우리를 발견한 이소현과 박은진이 쪼르르 다가와 아는 척을 했다.

"네가 불렀어?"

"아니! 우리 여기 있는 줄 어떻게 알았어?"

내 물음에 두 눈을 부풀린 소미소가 이소현과 박은진을 향해 물었다.

"별스타 보고 왔지! 새로 생긴 예쁜 카페 찾다가."

이소현과 박은진이 자연스럽게 합석해 빈 의자에 앉았다.

"데이트 중이었어?"

"와, 빵 뭐야? 완전 맛있어 보인다."

"같이 먹자."

"밖에 진심 너무 더워."

수다스러운 대화가 오가는 가운데 나는 말없이 커피 빨대를 물었다. 그리고 생각 없이 고개를 드는 순간이었다. 탓, 하고 이소현의 머리 위에 뜬 디데이가 갑자기 바뀌었다. 한참 길었던 숫자가 '5'로 확 줄어들었다.

이건 또 뭐야……. 정신이 아득해졌다. 나는 곧바로 털보 아저씨 쪽으로 시선을 돌렸다. 아저씨의 손은 커피를 내리고 있었지만, 눈은 정확히 이소현의 머리 위를 응시하고 있었다. 아저씨도 나처럼 이소현의 디데이가 바뀌는 걸 목격한 게 틀림없었다.

어떡하지 싶은 순간, 번뜩 이런 생각이 스쳤다. 같이 일하자는 아저씨의 제안. 그건 그저 커피와 빵을 만드는 일만 뜻하는 건 아니었구나 하는 생각. 수명이 갑자기 줄어든 사람들과 동물들을 돕는 일에 나도 함께하게 될 것 같다는 강한 확신이 들었다.

곧 털보 아저씨와 나의 눈이 마주쳤다. 나를 향해 강렬한 눈빛을 쏘아 보내는 아저씨를 보며 나는 아랫입술을 꾹 깨물었다. 이심전심으로 무언의 공모가 자연스럽게 이루어지고 있었다.

꿈꿔본 적 없던 미래

나의 디데이

이제 나는 거울 속에서 나의 디데이를 스스로 볼 수 있다. 두려움을 접고 나의 죽음과 삶의 유한함을 마주하면서부터 내 디데이가 선명하게 보이기 시작했다.

털보 아저씨의 말로는 나의 디데이는 소미소의 디데이가 늘어난 만큼, 한 치의 오차 없이 딱 그만큼 줄어 있다고 했다. 줄어든 수명은 조금도 아깝지 않았다. 그동안 나는 내 존재 가치를 길가의 돌멩이나 잡초만도 못하다고 여겨왔었다. 삶에 대해 어떤 의지나 목표도 없었을 뿐더러, 내 속엔 불타오를 장작조차 없었다. 그러나 소미소를 돕기로 결심한 순간부터, 그리고 실제로 실행에 옮기면서부터 많은 것이 달라졌다.

언젠가 책에서 읽었던, "사람이 자기 자신을 잊으면 잊을수록 ― 스스로 봉사할 이유를 찾거나 누군가에게 사랑을 주는 것을 통해 ― 더 인간다워지며 자기 자신을 더 잘 실현시킬 수 있게 된다"✦라는 말처럼, 드디어 나는 세상을 구성하는 일원으로서 내가 존재하는 의미를 찾게 되었다.

예전의 나는 기댈 곳 없는 바람처럼, 부평초처럼 어느 것에도 뿌리박지 못하고 살았다. 다른 사람들과 완전히 동떨어져 있는 것 같은 위화감도 자주 느꼈다. 남들의 죽을 날을 미리 아는 능력을 갖고 산다는 건, 원하든 원하지 않든 간에 항상 죽음을 인지하고 산다는 건 그야말로 고단한 일이었다. 하지만 이제는 생각과 삶의 방향이 완전히 바뀌었다. 조금은 고단하지만 내 삶은 충분히 유의미한 삶이 되었다. 영화나 동화 속 히어로처럼 초능력을 발휘하면서 폼나게 살지는 못하지만, 이 능력으로 내가 무엇을 할 수 있는지는 아주 조금 알 것도 같다.

앞으로도 나는 또 수많은 바람에 스치고, 흔들리고, 무너지겠지만, 내 안의 작은 빛을 잃지 않고 살아가겠노라 다짐해 본다.

✦ 빅터 프랭클의 《죽음의 수용소에서》

…… 그리고 나한테 주어진 길을

걸어가야겠다

오늘밤에도 별이 바람에 스치운다.✦

✦ 윤동주의 <서시>

친족과 지인의 죽음, 키우던 반려동물의 죽음, 뉴스를 장식하는 수많은 형태의 죽음을 지켜볼 때마다 평소에는 잘 인지하지 못했던 '죽음'의 존재에 대해 깊게 생각하게 됐다. 뚜렷한 삶의 의미를 찾지 못해 방황하는 순간이 찾아올 때도 마찬가지였다. 차라리 죽음까지 내게 남은 날이 얼마나 되는지를 미리 알고 싶다는 생각이 문득 들었다. 끝이 있어서 더 아름답고 절실한 삶의 가치를 다시 한번 깨닫고 싶었다. 삶의 유한함을 깨닫는 순간, 내가 지금 무엇을 우선순위로 두고 살아가야 할지 바로잡혔다.

이렇게 삶과 죽음에 대해 이런저런 생각을 하다 보면, 안개처럼 아득하기만 했던 죽음이 어느샌가 내 앞에 바짝 다가와 있는 것처럼 느껴졌다. 이런 상상에서 출발한 '죽음의 디데이'라는 소재가 류담과 소미소와 털보 아저씨를 만나 살이

붙고 색을 입으면서 하나의 작품으로 탄생하게 됐다.

  밥 먹고 잠자듯 죽음은 우리 일상에 스며들어 있는 당연함이다. 그런 당연한 죽음을 우리는 언제나 두려워하며 산다. 언제 죽을지 때를 알 수 없기에. 내 모든 것들이 순식간에 물거품이 되고, 전하지 못했던 진심이 후회로 남을까 봐. 그러나 원하는 목표를 향해 한 번쯤은 치열하게 나아갔던 삶, 주어진 사명을 묵묵히 따라갔던 삶, 자신을 비롯해 타인과 세계를 긍정하고 사랑했던 삶. 그런 삶의 끝에서는 죽음도 하나의 작품이 된다.

  사람에게 사랑이 없으면 살아서도 이방인 같은 삶을 살아간다. 누구와도 진정으로 섞이지 못하고 외따로 걷게 된다. 외로움 속에 함몰되어가다 끝내 자기 자신마저 잃어버리고 만다. 사람은 본래 자신의 존재 가치를 다른 이들을 통해 찾는 존재이기에.

  죽는 날까지 조금만 더 사랑하기로 다짐해 보자. 아니, 마음껏 사랑해 보자. 나를, 사람을, 세상을. 지금 이 순간에도 모든 죽어 가는 것들을.

이혜린

너에게 남은 시간
죽음의 디데이

초판 1쇄 발행 2024년 2월 23일
초판 3쇄 발행 2024년 10월 17일

지은이 이혜린
그린이 박시현

펴낸이 홍석
이사 홍성우
인문편집부장 박월
편집 박주혜·조준태
디자인 김혜림
마케팅 이송희·김민경
제작 홍보람
관리 최우리·정원경·조영행

펴낸곳 도서출판 풀빛
등록 1979년 3월 6일 제2021-000055호
주소 07547 서울특별시 강서구 양천로 583 우림블루나인 A동 21층 2110호
전화 02-363-5995(영업), 02-364-0844(편집)
팩스 070-4275-0445
홈페이지 www.pulbit.co.kr
전자우편 inmun@pulbit.co.kr

ISBN 979-11-6172-913-8 43810